Acuario

Acuario

DAVID VANN

Traducción de
Luis Murillo Fort

LITERATURA RANDOM HOUSE

El papel utilizado para la impresión de este libro ha sido fabricado a partir de madera procedente de bosques y plantaciones gestionadas con los más altos estándares ambientales, garantizando una explotación de los recursos sostenible con el medio ambiente y beneficiosa para las personas. Por este motivo, Greenpeace acredita que este libro cumple los requisitos ambientales y sociales necesarios para ser considerado un libro «amigo de los bosques». El proyecto «Libros amigos de los bosques» promueve la conservación y el uso sostenible de los bosques, en especial de los Bosques Primarios, los últimos bosques vírgenes del planeta.

Papel certificado por el Forest Stewardship Council®

Título original: *Aquarium*
Primera edición: noviembre de 2016

Printed in Spain – Impreso en España

ISBN: 978-84-397-3184-9
Depósito legal: B-19.643-2016

Compuesto en La Nueva Edimac, S. L.
Impreso en Cayfosa (Barcelona)

RH31849

Penguin
Random House
Grupo Editorial

Para Lorraine Ida Vann, mi buena y generosa madre

Era un pez tan feo que casi no parecía un pez. Una piedra de fría carne musgosa y con hierbajos, jaspeada de verde y blanco. Al principio no lo vi, pero luego pegué la cara al cristal intentando acercarme. Sepultado en aquella maleza inverosímil, gruesos labios en curva apuntando hacia abajo, la boca una mueca. Ojo como pequeña perla negra. Gruesa aleta caudal con motas oscuras, a franjas. Pero nada más que lo señalara como pez.

Mira que es feo.

Un viejo de repente a mi lado, su voz una sorpresa desagradable. Aquí nunca me hablaba nadie. Salas oscuras, humedad y calor, refugio contra la nevada.

Supongo, dije.

Esos huevos, los está protegiendo.

Y entonces vi los huevos. Creía que el pez estaba medio escondido detrás de una anémona de mar blanca, un amasijo de globitos de color blanco, pero me fijé bien y vi que no había ningún tallo, cada globo era independiente, los huevos parecían flotar juntos en el costado del pez feo.

Pejesapo tres manchas, dijo el hombre. No se sabe por qué el macho se encarga de los huevos. Quizá para protegerlos. O quizá para atraer a otros peces.

¿Dónde están las tres manchas?

El viejo se rió.

Bien dicho. Ese tiene más manchas que la mano de un viejo.

No miré. No quise verle la mano. Era muy viejo, quiero decir anciano. Setenta y pico o así, aunque no encorvado. Su aliento el de un viejo. Ahuequé las manos en el cristal y me aparté un poco, como si simplemente estuviera buscando un mejor ángulo de visión.

¿Cuántos años tienes?, me preguntó.

Doce.

Eres una niña muy guapa. ¿Cómo es que no estás con tus amigas o con tu madre?

Mi madre trabaja. Yo la espero aquí. Viene a buscarme a las cuatro y media o las cinco, según el tráfico.

Justo en ese momento el pez levantó ligeramente una aleta. Como dedos de un pie separándose de la roca, por debajo pálidos y blandos.

Nuestros brazos y nuestras piernas son aletas, dije. Fíjese en ese pez. Parece que se agarre a la roca con los dedos de los pies.

Caramba, dijo el viejo. Hemos cambiado tanto que ya no nos reconocemos.

Entonces sí le miré. Carne jaspeada como la del pez, pelo cayendo hacia un lado del mismo modo que la aleta superior del pejesapo se ahuecaba sobre los huevos. Una mueca en la boca, los labios apuntando al suelo. Ojillos hundidos en la carne fofa y arrugada, camuflaje, rehuyendo mirarme. Tenía miedo.

¿Por qué está aquí?, pregunté.

Quería ver esto. No me queda mucho tiempo.

Bueno, pues mire el pez conmigo.

Gracias.

El pejesapo no flotaba sobre las rocas, sino que estaba adherido a ellas. Parecía capaz de salir disparado en cualquier momento, pero no había movido más que los dedos de los pies.

Ahí dentro debe de hacer calor, dijo el hombre. Aguas tropicales. Indonesia. Toda una vida nadando en aguas cálidas.

Como si no saliera nunca de la bañera.

Exacto.

Otro ejemplar raro pasó flotando un poco más arriba, puntillas con estampado de leopardo, pero las manchas alargadas. Aletas transparentes y forma de todo menos de pez, como un manchón en el agua.

Pez rana rayado, dijo el viejo. Pariente del otro. El nombre científico menciona las antenas.

¿Y dónde tiene la boca, los ojos y todo lo demás?

Ni idea.

No sé cómo le pueden llamar pez a eso.

Buena observación.

¿Usted cuántos años tiene?

El hombre sonrió.

¿Es que te extraña que a mí puedan llamarme ser humano?

Perdone.

No pasa nada. Reconozco que yo también me hago esa pregunta. Apenas puedo andar, estoy solo, nadie me reconoce porque mi cara no se parece en nada a la de antes. Las facciones están como desaparecidas, a veces hasta me sorprendo de mí mismo, así que quizá correspondería ponerle a eso otro nombre. Es un espécimen nuevo, digamos. Claro que si nadie más lo ve, ¿existe siquiera?

Lo siento.

No, no. Es una pregunta interesante, me gustaría que la meditáramos juntos. Para mí será un placer. Meditemos sobre si él es un pez y yo un ser humano.

Bueno, tengo que irme. Son casi las cuatro y media, mi madre estará al llegar.

¿A qué hora vendrás mañana?

Las clases terminan a las dos cuarenta, o sea que sobre las tres y cuarto.

¿A qué colegio vas?

A Gatzert.

¿No está muy lejos para ir andando?

Bastante. Bueno, adiós.

Me alejé a toda prisa por los oscuros pasillos ribeteados de luz. El propio acuario parecía estar sumergido, un submarino a muchísima profundidad. Y luego, una vez en el vestíbulo, era como salir a otro mundo, las coloridas nubes de una puesta de sol en Seattle, parches de color naranja sobre el fondo gris, calles mojadas. La nieve acumulada negra y marrón, esperando a convertirse en hielo. El coche de mi madre no estaba.

Me puse el chaquetón y me subí la cremallera. Adoraba la sensación de abultar el doble. Me subí la capucha, piel sintética. Ahora era casi invisible.

Mi madre raras veces llegaba a las cuatro y media. Yo siempre salía a esperarla a esa hora, pero tenía tiempo de sobra para mirar las vías del tren al otro lado de la calle, y al fondo el paso elevado de la autopista. Moles de oscuro hormigón en el cielo, el mundo a franjas. Desde aquí se podía ir hacia el norte o hacia el sur; nosotras siempre íbamos hacia el sur. La calle se llamaba Alaskan Way, pero nunca tomamos la dirección de Alaska.

Camiones y un hormiguero de coches, cemento y sonido y frío, nada que ver con el mundo de los peces. Ellos no conocían el viento. Nunca habían sentido frío ni visto nevar. Esperar, eso sí. Esperar era lo único que hacían. ¿Y qué veían ellos en el cristal? ¿A nosotros, o solo a sí mismos reflejados, como en una sala de espejos?

Yo de mayor quería ser ictióloga. Me iría a vivir a Australia o a Indonesia o a Belice o quizá al mar Rojo y me pasaría la mayor parte del tiempo sumergida en agua cálida, como los peces. Una pecera de miles de kilómetros de largo. Lo malo del acuario era que no podías estar con ellos.

Mi madre tenía un viejo Thunderbird. Debió de imaginarse una vida con más libertad, pero luego llegué yo. El capó ocupaba medio coche. Un motor enorme que galopaba estando al ralentí. Podía morir en cualquier momento, pero antes chuparía toda la gasolina que hubiera en el mundo.

Carrocería marrón, dos tonos, más claro en los costados, la pintura muy desconchada en el capó y el techo, como si se abrieran allí galaxias, soles plateados formando cúmulos demasiado remotos como para ponerles nombre.

La puerta al máximo de su apertura, como el contrapeso de una grúa, centenares de kilos. Para cerrarla, una vez dentro, siempre tenía que tirar con las dos manos.

¿Qué tal los peces?

Bien.

¿Has hecho algún amiguito?

Mi madre me decía lo mismo casi todos los días, una broma sobre mi relación con los peces. Yo no pensaba decirle que hoy había hecho un amigo, mira por dónde.

Conseguí por fin cerrar la puerta y arrancamos petardeando. No llevábamos puesto el cinturón de seguridad.

Mi madre trabajaba en la terminal de contenedores, mano de obra normal y corriente. Llevaba botas gruesas, mono Carhartt marrón, camisa de franela y el pelo recogido en una cola de caballo. Pero había hecho pinitos aparejando grúas y su esperanza era llegar a manejar una ella sola. Los maquinistas de grúa ganaban mucho, incluso más de cien mil. Seríamos ricas.

¿Cómo ha ido el cole?

Bien. El señor Gustafson dice que el año que viene las notas serán importantes.

¿Ahora no lo son?

No. Él dice que sexto no es nada, pero que séptimo ya es un pasito más. Dice que hasta octavo nada es importante, pero que séptimo sí que lo es un poco.

Madre mía, ¿de dónde sacan a esos bichos raros? Y se supone que es mejor que otros colegios. Para matricularte tuve que decir que vivíamos en un barrio diferente.

El señor Gustafson me cae bien.

¿De veras?

Es gracioso. Nunca encuentra nada. Hoy hemos tenido que ayudarle a buscar uno de sus libros.

Esa sí que es una buena recomendación. Retiro todo lo que he dicho.

Ja, ja, dije yo para que viera que lo entendía.

Iba mirando los graffiti, como suelo hacer. En vagones y paredes, en vallas y edificios viejos. Estaban pintados en secuencias, como un folioscopio. La firma del graffitero –MOE– en letras como tubos, verde chillón y azul, cuesta arriba para coronar en naranja y amarillo, hundirse a continuación en dorado y rojo, ascender de nuevo en un negro azulado, sendero infinito del sol. La ciudad en cuanto objeto a ser mirado sobre la marcha, aunque nosotras siempre estábamos paradas en algún embotellamiento. Eran menos de nueve kilómetros desde el acuario hasta casa, pero podíamos tardar media hora.

Alaskan Way pasaba a llamarse East Marginal Way South, que sonaba decididamente menos romántico. Si el trayecto hasta casa fuera un crucero, una de las escalas sería Northwest Glacier, no grandes bloques de hielo desprendiéndose sino hormigón ya mezclado, arena y grava en enormes silos de un blanco tiza.

Vivíamos cerca de Boeing Field, un campo de aviación que no se utilizaba para viajar a ninguna parte. Estábamos en la ruta de vuelo de todos los aviones de prueba, que podían funcionar o no. Los comercios de nuestra zona eran el Sawdust Supply, almacenes de neumáticos y de excedentes militares, un Taco Time, talleres de reparación de tractores, lavandería de pañales de tela, recauchutados, hamburgueserías y sistemas de iluminación. Alrededor, en la mayoría de los casos, solo encontrabas asfalto. Kilómetros y kilómetros, ni un solo árbol, aparcamientos enormes, utilizados y sin utilizar, pero eso no lo sabías cuando llegabas a nuestro piso. Las ventanas daban a los aparcamientos del Departamento de Transporte, montones siempre cambiantes de barriles y conos naranjas de señalización, barreras amarillas de protección, separadores de hormigón movibles, camiones de todas clases, pero los ocho bloques de nuestro complejo de viviendas tenían árboles alrededor y se veían tan bonitos como los que podías encontrar en un barrio rico de la ciudad. Viviendas subvencionadas provistas de buhardilla, en colores pastel, bonitas vallas de madera con celosía. Y agentes de policía patrullando todo el tiempo.

En cuanto llegábamos a casa, mi madre se dejaba caer en la cama soltando un largo suspiro y dejaba que yo me echara encima de ella. El pelo le olía a tabaco, pero ella no fumaba. Olor a fluido hidráulico también. Debajo de mí la montaña fuerte y mullida de mi madre.

Ah, la cama, dijo. Ojalá no tuviera que levantarme nunca. Cuánto me gusta la cama.

Como *Willy Wonka y la fábrica de chocolate*, igual.

Exacto. Pondremos cada una la cabeza en un extremo y nos quedaremos a vivir aquí.

Yo tenía las manos metidas en sus axilas y los pies debajo de sus muslos, aferrada a ella. Ningún pejesapo se ha agarrado jamás a una roca con tanta fuerza. El piso era nuestro acuario particular.

Esta noche el vejestorio de tu mamá tiene una cita.

No.

Pues sí, lo siento, salamandra.

¿A qué hora?

A las siete. Vas a tener que dormir en tu cuarto, por si acaso tu madre está hoy de suerte.

Pero si ni siquiera te gustan.

Ya. Normalmente es así, pero quién sabe. De vez en cuando aparece un hombre bueno.

¿Y cómo se llama?

Steve. Toca la armónica.

¿Vive de eso?

Mi madre se echó a reír.

Sigue pensando en un mundo mejor, monina.

¿Cómo le has conocido?

Trabaja de informático, reparando ordenadores, y un día vino a arreglar no sé qué al trabajo. Almorcé con él porque estaba por allí, tocando «Summertime» con la armónica.

¿Me lo presentarás?

Claro, pero primero tenemos que cenar. ¿Tú qué quieres?

Frankfurt congelado pasado por agua.

Mi madre rió otra vez. Yo cerré los ojos y me dejé mecer en el sube y baja de su espalda.

Pero al final se volvió, como tenía por costumbre, aplastándome para hacer que me soltara de ella. Yo aguantaba hasta que no podía respirar y luego le tocaba el hombro como un luchador profesional para indicar que me rendía.

A la ducha, dijo.

Steve no tenía pinta de informático. Era fuerte, como mi madre. Espaldas anchas. Los dos llevaban camisa oscura de franela y tejanos.

Qué tal, me dijo, en un tono tan alegre que no pude por menos de sonreír pese a que mi plan era hacerme la dura. Tú debes de ser Caitlin. Me llamo Steve.

¿Tocas la armónica?

Steve sonrió como si le hubieran pillado con un secreto. El bigote casi negro le daba un aire de prestidigitador. Se sacó una armónica plateada del bolsillo de la camisa y me la tendió para que la viera.

Toca algo, dije.

¿Qué quieres escuchar?

Algo divertido.

Una canción de marineros, entonces, dijo con voz de pirata. Y habrá que hacer chocar un poco los talones.

Tocó algo de un barco, una tonada alegre y primero lenta, y al tiempo golpeaba el suelo con la punta de un pie y luego el otro y empezaba a girar cada vez más deprisa. Mi madre y yo le imitamos, cogidas del brazo. Luego se puso a saltar y a bailar el charlestón por toda la salita. Yo estaba loca de alegría, venga a chillar, y mi madre diciéndome que bajara la voz pero sonriendo a la vez. Júbilo inocente e infantil que podía explotar como el sol, y me entraron ganas de que Steve se quedara con nosotras toda la vida.

Pero se marcharon los dos y yo me quedé allí sudando y agotada y sin nada que hacer, deambulando por el piso sin ton ni son.

Que mi madre me dejara sola no me gustaba nada. A veces me ponía a leer un libro o a ver la tele. Yo quería tener un pequeño acuario, pero eran muy caros y no estaban permitidos porque podían romperse e inundar todo el piso de abajo, y luego había que pagar un dineral en daños y perjuicios. En nuestro piso no había ningún ser vivo. Paredes blancas desnudas, techos bajos, bombillas peladas, qué soledad cuando mi madre se marchaba por ahí. El tiempo algo que no se detenía nunca. Me senté en el suelo recostada contra una pared, ante mí una extensión de moqueta gris, y escuché los cables en la bombilla del techo. No le había preguntado siquiera cuál era su pez favorito. Eso se lo preguntaba yo a todo el mundo.

Me encontré al viejo con la cara tan cerca del cristal que parecía que el tanque lo estuviera absorbiendo. Boca abierta, ojos que no daban crédito.

Un pez mano, dijo. Pez mano rosado. Esas aletas lo parecen todavía menos que las del pejesapo de ayer.

Era un tanque estrecho y alto para caballitos de mar, con finas columnas de algas para que jugaran. Pero en el fondo, entre piedras oscuras, había una pequeña cueva con los bordes perlados de una sustancia dorada, mineral a juzgar por el brillo, y montando guardia en la entrada dos peces con el cuerpo a lunares, los labios rojos como niños que jugaran por primera vez a pintárselos, exactamente el aspecto que tenía yo cuando lo probé la primera vez, el rojo más allá de los bordes.

Fíjate, dijo el viejo. Parece que esté asomado a una ventana.

Y así era. Manitas pintadas de rojo subido como los labios, y uno de ellos tenía la mano apoyada en el alféizar y la otra en el costado, como si la cueva fuese una ventana y el pez se hubiera agarrado para asomarse y así poder vernos mejor. El ojo menudo, colorado, de mirada cauta, y una nariz roja flotando hacia arriba prendida de un pedúnculo. Bigotes rojos caídos y la punta de la aleta dorsal también roja, la cresta de la espalda, pero nada más que esos pocos acentos, como un payaso con un camisón rosa. Su mujer a la entrada de la cueva, descansando sobre el césped de color violeta, extraña hierba marina.

¿Y esas perlas doradas? ¿Son los huevos?

Ya veo lo que quieres decir. Podría ser. Creo que están vigilando los huevos, y supongo que pensarán que queremos robarles un par de ellos.

Yo ya he comido.

El viejo se rió.

Bueno, procuraré hacérselo entender.

El pez mano abrió la boca como si fuera a decir algo, y la cerró. Vi que flexionaba los codos sobre el alféizar.

Diría que no tienen escamas, dije. Parece que estén sudados.

Toda la noche en vela, dijo el viejo. Montando guardia. No hay que fiarse de esos caballitos de mar.

Levantamos la vista hacia las frondas de un verde claro donde los caballitos colgaban incómodos, como si fueran a caerse. Cuerpo blindado hecho de capas superpuestas, materia vagamente ósea. No aptos para nadar.

¿Qué sentido tienen los caballitos de mar?, pregunté.

El viejo se los quedó mirando boquiabierto, como si estuviera ante su dios. Recuerdo haber pensado eso. Era muy distinto de los otros adultos que yo conocía. No llevaba orejeras mentales. Estaba dispuesto a dejarse sorprender en cualquier momento, dispuesto a ver qué pasaba a continuación, abierto a cualquier cosa.

Creo que no hay respuesta, dijo por fin. Esas son las mejores preguntas, las que no tienen respuesta. Ni idea de cómo llegaron a formarse los caballitos de mar, ni de por qué tienen la cabeza como los caballos de tierra firme, o qué sentido puede haber en esa simetría desconocida. Ningún caballo verá jamás a un caballito de mar, y viceversa, y puede que ningún otro animal los haya reconocido a los dos, y aunque nosotros sí vemos ahora esa simetría, ¿qué sentido tiene? He aquí la clase de pregunta correcta.

Y todas esas crestas que tienen, ¿son de hueso?

El viejo leyó la descripción escrita a un lado del tanque.

Veamos. Eh, aquí dice que miremos los caballitos de mar pigmeos, en las gorgonias. Deberían ser rojos y blancos.

Nos arrimamos los dos al cristal. Más arriba de la cueva de los peces mano había ramas de coral de un blanco polvoriento con tubérculos de color rosa, pero ningún caballito.

Yo no veo nada, dije. Solo coral.

Miden apenas dos centímetros de largo.

Qué pequeñitos

Y entonces lo vi. Tubérculos de rosa exagerado, demasiado limpios y brillantes, nada pálidos. Dos vueltas de cola pequeñísima en torno a una rama, como serpiente de cristal en miniatura. El vientre convexo y la cabeza de caballo y un ojo que era apenas un puntito negro, cubierto de montículos rosados, igual que el coral.

He encontrado uno, dije.

Entonces me fijé en la sombra de detrás, un segundo caballito de mar pigmeo que estaba exactamente en la misma posición, como si la existencia dependiera de que todas las cosas fueran dobles.

¿Dónde?, preguntó él, pero yo estaba sin habla. Ah, ya lo veo, dijo.

Un ser de sombra, no hecho de carne. Quebradizo como el propio coral. Colgando en un vacío. Uno de aquellos dos caballitos era ya mío, conocido, el otro era otra cosa.

Ese de atrás no me gusta, dije. Ese de atrás me da miedo.

¿Por qué? Es casi idéntico. O idéntica, en fin. ¿Cómo se sabe si son macho o hembra?

No puedo quedarme aquí.

Seres vivos hechos de piedra. Ni un movimiento. Y una aterradora pérdida de escala, el mundo capaz de expandirse y contraerse. Ese ojo como diminuto agujero negro la única vía de entrada a otro universo, diferente y más grande.

Me alejé rápidamente de allí, dejando atrás tanque tras tanque de presión aumentada y colores atenuados, formas distorsionadas. Cada uno tenía su altavoz, y en ese momento era demasiado: el pez loro royendo coral, los chasquidos de las gambas, el graznar de los pingüinos. El sonido exageradamente amplificado, granos de arena moviéndose como grandes rocas.

Me detuve ante el más grande de todos, una pared entera de un azul apagado, a media luz, ningún sonido, tranquilidad. Lento deambular de tiburones, el mismo movimiento durante millones y millones de años. Los tiburones como monjes, repetición de los días, girando interminablemente en círculo, sin desear otra cosa que ese único movimiento. Los ojos casi opacos, ya no necesitaban ver nada. Sin ropaje vistoso, un simple manto gris y la panza blanca. Desde arriba podían parecer el suelo marino. Desde abajo, podían parecer el cielo.

¿Qué te pasa?, preguntó el viejo.

Se había arrodillado junto a mí. Era un hombre bueno.

No lo sé, dije.

Y, en efecto, no tenía la menor idea. Un sentimiento infantil de pánico, y ahora pienso que fue porque solo tenía a mi madre. Tenía a una sola persona en el mundo y ella lo era todo, y no sé por qué aquella pequeña sombra, aquel doble del caballito en el tanque de las gorgonias, me había hecho comprender lo fácil que sería perderla. Cada dos por tres tenía la pesadilla de que mi madre estaba junto a una grúa del puerto y que uno de aquellos descomunales contenedores se bamboleaba en el aire por encima de ella. Sabemos que los peces están siempre en guardia, ocultos a la entrada de una cueva o entre algas o aferrados a un coral, tratando de pasar desapercibidos. Su final podía ocurrir en cualquier momento y por mil y una causas, una boca más grande surgida de las tinieblas y adiós a todo. ¿Y acaso no ocurre igual con nosotros? Un accidente de coche, un ataque al corazón, una enfermedad grave, un contenedor que se desprende y nos cae encima, mi madre ni siquiera levantaría la vista, no notaría ni vería nada, solo el fin.

El viejo apoyó una mano en mi hombro.

No te preocupes, dijo. Tú estás a salvo.

Recuerdo bien que dijo eso. Que yo estaba a salvo. Siempre decía la frase precisa. Entonces le eché los brazos al cuello y le abracé fuerte. Necesitaba alguien a quien agarrarme. Sus cabellos como hierba reseca, los hombros huesudos, nada blando, tan acorazado como un caballito de mar e igual de feo, pero me aferré a él como si fuera mi particular rama de coral.

Mi madre aquella tarde estaba cansada. Se tumbó en el sofá y yo me acurruqué junto a ella y vimos la tele, sobre todo anuncios. En nuestro acuario particular, tan territoriales y fáciles de localizar como cualquier pez. En este tanque solo teníamos cuatro sitios donde refugiarnos: el sofá, la cama, la mesa y el cuarto de baño. Si mirabas en esos cuatro puntos, seguro que nos encontrabas. El resplandor de la tele tiñendo de azul las paredes blancas, como ocurría con el cristal. Un techo muy próximo a nuestras cabezas para que no pudiéramos escapar de un salto. Sonido de un aparato en marcha, la bomba de calor que nos mantenía a la temperatura adecuada. La única pregunta era quién estaba fuera, mirándonos.

¿Te vas a casar con Steve?

Sooo, para el carro.

Pero ¿te gusta o no?

Sí, sí que me gusta.

Entonces ¿por qué no os casáis?

Volví la cabeza para mirarla, y ella me estaba observando también a mí.

¿Echas de menos un padre?

No respondí. Ya habíamos hablado de ello otras veces y al final yo siempre salía mal parada.

Mira, dijo, hay una cosa que los adultos llamamos expectativas. Quiere decir que nunca conseguimos lo que queremos, y no lo conseguimos precisamente porque lo queremos. O sea que si quiero tener a Steve, casarme con él, Steve echará a correr. Si no quiero tenerlo, él seguirá viniendo y no podremos librarnos de él. Y para ti será todavía más cierto, porque resulta que hacer de padre es algo mucho más complicado que hacer de marido. O sea que si tú quieres que Steve sea tu padre, él echará a correr. Pero si te limitas a disfrutar de él porque es un tío divertido, puede que nos dure una temporada.

Eso no tiene ni pies ni cabeza.

Cierto. No lo tiene. Bienvenida al mundo de los adultos, dentro de nada. Yo trabajo para poder trabajar más. Intento no querer nada y así con suerte conseguir algo. Paso hambre por aquello de que menos es más. Intento ser libre para poder estar sola. Y nada de todo eso tiene pies ni cabeza. Esa parte se la olvidaron.

¿Quiénes?

Los gremlins malvados que gobiernan el mundo. No sé. Prefiero no hablar de este rollo. Tú ve la tele. Estoy cansada.

Perdona.

Tranquila. No es culpa tuya. Nunca permitas que llegue a pensar que la culpa de mis problemas la tienes tú, porque no.

Vale.

Mi madre raramente hablaba así. Deseé arreglar el mundo, que todo tuviera sentido, por el bien de ella. Mi madre era buena y fuerte y deberían haberle ido bien las cosas. Me dio un beso en la coronilla, me atrajo hacia sí y yo me arrimé a ella.

No hice caso de la tele. Miré las paredes, la luz que parpadeaba. Todos los colores se convirtieron en tonalidades de azul, como si el aire fuera agua. ¿Y por qué no eran azules todos los peces, desde un azul muy pálido hasta uno muy oscuro a medida que aumentaba la profundidad? ¿Por qué los había amarillos, o rojos? Si todos se escondían, ¿cómo era que había esos destellos y dibujos tan brillantes?

¿Tú dónde creciste?

Caitlin, ya sabes que no me gusta pensar en nada de eso.

Es que nunca me cuentas nada.

Es verdad.

¿Fue aquí, en Seattle?

Sí.

¿Y era una habitación parecida a esta?

No. Bueno, puede que lo fuera, pero lo que importa es quién está, o quién no está, en la habitación, no la habitación en sí. Aunque la habitación en sí tampoco era como esta en absoluto.

Pues cuéntamelo.

No.

¿Por qué?

Porque bastante tuve con que me fastidiaran la vida. No quiero que eso afecte a la tuya.

Pero dime qué fue lo que pasó.

Caitlin...

Vale.

No teníamos familia. Ni un solo pariente. En el cole todo el mundo tenía familia. Bueno, muchos no tenían padre, pero sí tías y tíos y abuelos y primos. Y casi todos los peces iban en grupos de más de dos. Claro que, pensé luego, muchos de los peces del acuario eran parejas o bien estaban solos. ¿Cómo podía ser? Seguro que en el mar no era así.

El planeta entero un solo océano. Me gustaba pensar en eso. Cada noche al acostarme me imaginaba en el fondo del mar, a miles de metros de profundidad, el peso de toda aquella masa de agua, pero yo me deslizaba a ras del lecho marino, como la mantarraya, volando silenciosa e ingrávida sobre interminables llanuras que caían en declive hacia profundas gargantas de un negro aún más oscuro para elevarse otra vez en picos y nuevas planicies, y podía encontrarme en cualquier lugar del mundo, frente a la costa de México o de Guam o en el océano Ártico o incluso en África, todo un mismo elemento, todo ello mi casa, y a mi alrededor sombras deslizándose también, grandes alas intangibles y silenciosas pero que sabías que estaban allí, las notabas.

El señor Gustafson organizó los preparativos para la Navidad. Hubo gran confusión en clase, porque también hacíamos preparativos para Hanukkah y el Año Nuevo chino y el Diwali y no sé qué de Corea, pero las fechas no coincidían y los alumnos sabíamos que los preparativos eran para la Navidad sin que pudiéramos decirlo. Todo era de color rojo y verde y decía Felices Fiestas. Estábamos en el último de los cursos que no importaban, de modo que aún podíamos dedicar tiempo a trabajos artísticos.

Yo estaba haciendo un reno de papel maché con Shalini, que era de Nueva Delhi, o sea que decidimos hacer un reno de Diwali a pesar de que el Diwali había sido el 3 de noviembre, hacía un mes. La fecha variaba de año en año, dependía de la luna.

Añádele más agua a la pasta, dijo Shalini. Era mandona.

Nuestro reno era una diosa llamada Lakshmi Rudolph y llevaba un gorro que íbamos a pintar de purpurina dorada. Haría a todo el mundo rico y guapo tanto si lo permitían los otros renos como si no. Seguiría teniendo una nariz roja, pero astas quizá no. De todos modos, hacerlas con papel maché era difícil.

Shalini tenía un pañuelo que era dorado y a mí me daba mucha envidia. Traía de casa un tupperware con comida deliciosa, pero yo tenía que comer lo que daban en el colegio. Bolitas de patata fritas casi a diario, verdura al vapor y una especie de carne con salsa, a pesar de que a mí no me gustaba la carne. Yo de mayor pensaba ser vegetariana como Shalini, y pescado no comía nunca.

A Shalini le dejaban usar perfume. Mi madre decía que era absurdo en una niña de doce años.

Trae que te huela las muñecas, dije.

Siempre me pides lo mismo.

Es que me gusta.

Ella levantó una muñeca. Aquel brazo tan bonito, la piel morena. Acerqué la nariz y cerré los ojos y aspiré el aroma de otro mundo. Cosas para las que no tenía nombre, picantes y dulces.

Tu madre debería dejar que te pongas perfume.

No quiere.

Venga, venga, Caitlin y Shalini, dijo el señor Gustafson. Rudolph no tiene patas.

Lakshmi Rudolph, dije yo, pero el señor Gustafson ya estaba mirando el trineo.

Shalini arrugó la nariz para poner cara de cerdito. Siempre decía que el señor Gustafson tenía pinta de cerdo, y es cierto que el extremo de su nariz estaba como recortado, dejando a la vista dos agujeros oscuros. Pero en el cole poníamos motes de animales a todos los profesores. El señor Callahan era el tejón, la señorita Martínez era la tortuga. Peces no había.

Lakshmi Rudolph aún tenía un pecho delgado y unas patas de alambre, pero la cabeza había quedado bien, así como el trasero y la pequeña cola, cuyo remate pensábamos pintar de blanco. Shalini estaba trabajando en las costillas.

Cuéntame algo más de tu familia, dije.

Siempre me pides lo mismo.

Cuéntame algo más sobre la boda, lo de los dos elefantes y la fiesta de varios días seguidos y centenares de invitados.

Eso era en la India. Deberías quedarte a dormir un día en casa.

¡Bien!

Bueno, se lo preguntaré a mi madre.

Fuera no quedaba apenas nieve. Todo estaba empapado, el césped hinchado hasta el último rincón, nieve sucia en las zanjas, unas tiras negruzcas. Hasta la acera y los edificios parecían engordados con agua. Nubes bajas, de color gris y gris más oscuro, nada de blanco. Yo era de los pocos peatones. Todo el mundo iba en coche.

East Yesler Way no parecía una calle de ciudad. Flanqueada por viviendas de dos pisos con patios delanteros que parecían patios de atrás, en algunos casos sembrados de juguetes de plástico y ropa sucia y muebles desechados pero en su mayoría bastante limpios más allá de las cercas de alambre. Gente fumando de pie, a la fría intemperie, mirándome pasar. Quizá sí parecía una ciudad. En cualquier caso no el centro, aunque tampoco estábamos lejos.

Había mudanzas casi a diario, unos llegaban, otros se iban. Gente de cualquier raza y cualquier edad, con o sin críos. Era como un motel, toda la larga calle, no estaba pensada para colmar el sueño de nadie. A mí no me gustaba East Yesler Way, era impersonal, pero por alguna razón casi nunca iba por las otras calles. Tenía un sendero, una ruta, tan sin pensarlo como los tiburones en su obsesivo movimiento circular. Me sentía a salvo, cuando menos, enfundada en mi chaquetón, y nadie me molestaba, cosa que vista desde ahora me sorprende mucho. Busco la calle en Google y veo que el índice de criminalidad es el triple del promedio nacional, los robos de coches lo superan en casi seis veces. Mi madre y los profesores del colegio dejaban que hiciera esa ruta sola todos los días, y pensarlo me produce una rabia que no desaparecerá jamás porque surge de un vértigo y un desamparo interminables.

Me siento aturdida de miedo por la niña que fui; ¿cómo es posible? Heme aquí ahora. Sana y salva. Con un empleo. Tengo treinta y dos años. Vivo en un barrio mejor de la ciudad. Debería perdonar y olvidar.

La única cosa que me empujaba a caminar cada tarde por aquella calle era el azul que había al final, el mar visible porque estábamos en una colina. Y aquel azul presagiaba el acuario. Un sacrificio para llegar al refugio. Podría haberme quedado haciendo alguna actividad extraescolar, pero yo prefería ir a ver los peces. Eran emisarios de un mundo más ancho. Igual que las posibilidades, una especie de promesa.

Cruzada la autovía, empezaba el centro. Cuesta abajo, grandes edificios con forma de cuña horadando la colina, ocultos en sus propias grutas. Encorvados para protegerse, como si algo enorme los sobrevolara en el cielo. Al fondo un valiente rascacielos coronado en punta, no queriendo parecer blando. La ciudad entera una colonia, como el coral, intrincada red de pequeñas cámaras. Yo me imaginaba cada habitación como un pólipo, un ser sin espina, boca provista de tentáculos vuelta hacia el cielo, buscando un sitio donde aposentarse y excretando su exoesqueleto, una fina capa de hormigón, para quedarse allí adherido eternamente, y cada luna llena agitar sus tentáculos en alto y soltar gametos, criaturas de cuento hechas de luz, cada gameto una nueva habitación flotando en el aire en busca de un lugar donde edificarse.

Y por eso la ciudad crecía y crecía, pero ¿por qué aquí? Esto no era Bali ni Belice. Clima frío, lluvia a cada momento, viento, nublado, oscuro. Nunca llegué a entender Seattle. Teníamos orcas, y hermosas islas que yo no había visto nunca, las San Juan, pero la ciudad, ¿por qué?

Caminé por la terminal de los transbordadores, aquellos grandes barcos verdes y blancos que iban a esas islas, y deseé que mi madre fuera libre y tuviese dinero y así poder viajar las dos rumbo al norte en barco. No nos detendríamos nunca, seguiríamos viajando por todo el mundo, primero hasta Japón, luego las Filipinas, de isla en isla, aprendiendo a bucear y visitando todos los arrecifes.

Había barcos con equipo antiincendios y yates particulares, los mismos yates que estaban perennemente amarrados, sin usar, siempre esperando, yates de gente rica que tampoco se marchaba de allí, atrapada en alguna parte de la ciudad. El parque y a continuación el acuario. Yo tenía un pase anual, pero allí todo el mundo me conocía y nunca tuve que enseñarlo. Entraba sin más, como si estuviera en mi casa.

Lo encontré ante el más oscuro de los tanques, en un rincón, solo, como si estuviera mirando las estrellas desde una ventana, negro infinito y frío y tan solo unos puntos de luz. Y flotando en aquel vacío, cual pequeña constelación, el inverosímil pez pipa fantasma.

Como una hoja pariendo estrellas, dije en voz muy baja, como si al menor sonido el pez pudiera desvanecerse.

Sí, dijo el viejo también en voz baja. Exactamente. Yo no podría haberlo expresado mejor. A veces no me creo que tengas solo doce años. Deberías estudiar ictiología. Es tu elemento.

El cuerpo pequeñas hojas verdes, nervadas, muy finas, las aletas pintadas de luz procedente de otra parte, pero saliendo del ojo el largo hocico, una erupción de galaxias sin origen foráneo, nacidas del propio pez. Un boquete en la pequeña tela del mundo, un lugar por donde caer sin tregua.

Es mi pez favorito, dije, todavía en susurros. Siempre pregunto a todo el mundo cuál es su preferido, confiando en que dirán el pez pipa fantasma.

Pues ahora es el mío, por eso que tú has dicho.

El viejo levantó la vista para leer lo que ponía en el rótulo: Pez pipa fantasma Randall Halimeda.

Un discreto aleteo y el pez dio media vuelta y se tornó casi invisible, tan fino como era, suspendido en la nada. Algunos días me quedaba allí esperando y no conseguía ver más que un tanque negro y prácticamente vacío, una oscura pared de roca en sombras, unas cuantas algas grises peinando el fondo, camuflaje que él no utilizaba nunca, como si supiese que todo era una representación y que no vendría ningún depredador. Un tanque que unas veces podía dejar indiferente y otras deslumbraba.

Vaya, dijo el viejo. Después de ver eso es difícil que te interesen los otros. Y debo decir que me sorprende la gran cantidad de peces que no tienen aspecto de pez. Una hoja pariendo estrellas no puede ser más exacto, y seguro que nunca verías un pez así en tu plato.

Yo no como pescado, dije.

No, si yo tampoco debería. Ya no comeré más.

Me gustan demasiado los peces.

Claro.

Antes de hoy, ¿cuál era su pez preferido?

Yo soy de Luisiana. Hace mucho que me vine a vivir aquí. Pues en Luisiana hay siluros gigantes, ni te imaginas lo grandes que son, viven en el fango. En este acuario no cabrían. El mundo de verdad es demasiado grande.

¿Qué aspecto tienen? Yo solo he visto siluros normales y algunos del Amazonas, tropicales. Más pequeños, blancos con manchas negras.

Estos son un poco feos. El lomo oscuro, negro o marrón, la piel parece áspera y tienen manchas, pero sin un dibujo concreto. La panza blanca, de un blanco obsceno, como la grasa. Casi parecen renacuajos, ranas en pequeño, porque el vientre es muy grande y curvo mientras que el resto del cuerpo es una larga tira, mucho más delgado. Y no tienen aspecto de carne, sino de algo viscoso, repugnante. Eso sí, pesan unos doscientos kilos, son más largos que una persona y mucho más gruesos. Unas aletas frontales regordetas que parecen brazos enanos. La boca un agujero enorme con largos bigotes a los lados.

Qué horror. ¿Y por qué es su pez favorito?

Porque hacen más cercanos a los dinosaurios. Si te fijas bien en uno de esos siluros tan grandes y te lo imaginas tumbado en un riachuelo fangoso, es fácil visualizar la enorme pata de un dinosaurio hundiéndose en el agua. Puedes retroceder cien o doscientos millones de años y tocar el mundo antes de que existiera el hombre. Esos siluros son restos de entonces.

Yo quiero ver uno.

Bueno, quizá algún día iremos juntos a Luisiana.

Quiero ir ahora.

Y yo. Podríamos viajar y ver muchas cosas los dos. México, tal vez, y ver mantarrayas dando vueltas hacia atrás.

¿En serio?

Claro. Saltan fuera del agua y dan una voltereta hacia atrás. No te lo creerías. Mantas gigantes, a veces en grupos de cincuenta o incluso cien. En el mar de Cortés.

Prométame que me llevará a verlos.

Lo haré.

Steve vino a cenar, con la armónica en el bolsillo de la camiseta. Yo esperaba que se pusiera a tocar, pero mi madre me había hecho prometer que sería buena y no le pediría nada. Tú piensa que eres un percebe, me había dicho. Un percebe que está tan tranquilo en el agua, pillando un poco de plancton quizá, pero sin moverse ni pedir nada.

Me quedé, pues, clavada en la silla, dentro de mi caparazón de carbonato cálcico, y saqué mis cirros a ondear en la corriente confiando en pillar algo interesante, pero al principio era charla de adultos la mar de aburrida.

Estábamos cenando hamburguesas, la especialidad de mi madre. Mezclaba cebolleta con la carne picada, varios huevos y trocitos de beicon. Ese era el beicon escondido. Luego adornaba la parte de arriba de las hamburguesas con tiras grandes de beicon. Y mucha salsa barbacoa. De acompañamiento ensalada de patata, y también patatas fritas picantes, encurtidos, naranjada. Mi madre lo llamaba cena campestre, y yo disfruté cada bocado como si fuera el último porque había decidido hacerme vegetariana.

Steve era un tipo jovial. No estaba gordo, como tantos tipos joviales, pero cuando reía parecía que todo él se bamboleaba en la silla como si estuviera gordo. Y eso que lo que decía mi madre ni siquiera era gracioso. Se llevaba la servilleta a la boca con las dos manos para limpiarse un resto de salsa –no era más que una pequeña servilleta de papel–, y entonces veías lo grandes que tenía los bíceps. Llevaba puesta una camiseta negra sin letras ni nada. Aquellos bíceps tan gruesos y venosos parecían querer reventar la tela, pero luego se aflojaban otra vez.

¿Cuál es tu pez favorito?, solté por fin.

No era fácil meter baza. Iban a tirarse toda la noche hablando sin mí.

Caitlin, dijo mi madre.

No pasa nada, dijo Steve. Mi pez favorito. Hay tantos... Me ha dicho tu madre que vas al acuario todos los días.

Sí.

¿Cuál es tu favorito de los de allí?

He preguntado yo antes.

Steve se recostó en la silla y rió con aquel bamboleo jovial pero no gordo.

Hacía tiempo que no oía decir eso, dijo. Me recuerda a cuando iba al cole.

Bueno, ¿y?

Está bien, dijo. Trabajé en barcos pesqueros unos cuantos veranos, faenábamos en Alaska, y mi pez favorito era el halibut.

Me gustan los halibut.

Molan.

¿Y por qué son tus preferidos?

Mi madre me tocó el pie por debajo de la mesa y luego me lanzó una miradita.

Acuérdate del percebe, dijo.

Venga, dije yo. Contesta.

De acuerdo. Me gustan porque tienen los dos ojos en un lado de la cabeza, ambos en la parte de arriba, el otro lado de la cara es ciego, sin ojos. Siempre la tienen metida en limo o en fango, vuelta hacia la nada. Me gusta esa parte ciega, el concepto en sí mismo. Dice algo sobre nosotros, me parece a mí.

Qué profundo, terció mi madre, y le tiró una servilleta hecha una pelota.

Me ha gustado, dije yo.

El halibut solía ser mi favorito por otra razón, dijo Steve. Yo me imaginaba que al nacer tenían un ojo en cada lado de la cara. Nadaban como los salmones o cualquier otro pez. Pero al llegar a la pubertad un ojo se les iba hacia el otro lado y les quedaba esa mueca en la cara. Ya no podían ver bien y tenían que esconderse en el fondo del mar.

Mmm, dijo mi madre.

Ay, perdona, dijo Steve.

No, si me parece muy bien que le hables de la pubertad a mi hija de doce años, ja, ja.

Lo siento.

Tranquilo. Mientras la cosa vaya de peces, no hay problema.

No veo a qué viene todo esto, dije yo.

Exactamente, dijo mi madre. Y confiemos en que sea así durante un par de años más.

Bueno, ¿y tú, Sheri?, le dijo Steve a mi madre. ¿Cuál es tu pez favorito?

Yo nunca entro en el acuario. Solo la recojo. Ser madre es como llevar un negocio: taxi, colada, cocinar, lavar, enseñar, aconsejar, excursiones...

Pero alguno preferirás, ¿no?

No tengo tiempo para eso. Trabajo en el muelle, me ocupo de Caitlin, eso es todo.

Perdón, dije.

No, no. Santo Dios, seguro que pensáis que soy horrible, que soy una madre espantosa. Te quiero, cariño, y me encanta todo lo que hacemos juntas. Solo digo que no me queda tiempo para pensar en otras cosas.

Steve había levantado su servilleta con ambas manos, como para limpiarse la boca, pero se había quedado quieto.

Lo siento, dijo mi madre. Te estarás preguntando por qué sales conmigo.

A ver, estás muy buena. Esa es una de las razones. Steve se bamboleó al reír, y vi que a mi madre se le escapaba una sonrisa. Además, sabes manejar contenedores y grúas, y eso es muy útil. Por si alguna vez me veo en la situación de que me persiga un contenedor.

Mi madre le dio con el puño en uno de los bíceps.

Bueno, ¿cuál es tu pez favorito?, insistí yo.

Piensa en cuando eras pequeña, sugirió Steve.

Ella nunca habla de eso, dije.

Ah.

Jo, dijo mi madre. Está visto que me vais a dar la cena, ¿eh? Muy bien, un pez. Tengo que ser capaz de pensar en uno. Veamos, pienso en el súper, sección pescado, pero imagino que me pedís algo que no esté metido en hielo o envuelto en plástico.

Steve se rió. Era el hombre más simpático de cuantos ella había traído a casa. Al mirar atrás, me doy cuenta de mi madre le encantó desde el principio, le encantó de verdad.

Muy bien. Vivíamos en un tugurio. Una cabaña a pie de carretera, goteras por todas partes, no pienso decir más. Pero los vecinos, con los que compartíamos la misma parcela, eran una familia de Japón. Se supone que los asiáticos son ricos, pero estos no lo eran. No sé qué es lo que pasó. El hombre se puso a cavar un hoyo, y nosotros pensamos que era para asar un cerdo. Pensamos que quizá era hawaiano, no japonés. Pero luego lo forró de plástico y piedras y plantas y montó un pequeño estanque para cuatro carpas.

Qué bien, dijo Steve.

Una perla entre la mierda, dijo mi madre. Una de las carpas era de color naranja y blanco, todo mezclado, y le puse de nombre Ángel. El hombre colocó una silla vieja al lado del estanque para que yo me sentara. Él siempre estaba de pie, no se sentaba nunca. Pero puso la silla para mí. Yo ni siquiera me digné darle las gracias. Ahora me arrepiento muchísimo. En aquel entonces éramos francamente racistas. Hablo de los años setenta, cuando yo tenía más o menos tu edad. El tipo, sin embargo, me proporcionó un refugio al aire libre. Yo me pasaba allí horas, casi siempre bajo la lluvia, mirando cómo Ángel se paseaba por su agujero como si aquello fueran los estanques de palacio. Y me gustaba que la lluvia no llegase a tocarlo. Podía ver las gotas en la superficie. La carpa se asomaba de vez en cuando para coger comida, pero en general permanecía justo debajo, a salvo y apartada de todo.

Steve y yo no dijimos nada. Nos quedamos los tres en silencio, mi madre con la mirada baja, perdida en otra época, y recuerdo que pensé que éramos idénticas, como si yo hubiera vivido otra vida más de veinte años antes.

Steve se quedó a dormir. Les oí respirar a los dos, y grititos de mi madre como si le hicieran daño, pero sabía que debía quedarme calladita en mi cuarto. Mi madre me había explicado docenas de veces que ciertas parcelas de su vida eran exclusivamente suyas. Yo tenía tres almohadones, mi palacio de las almohadas, una especie de nido o caverna, y allí dentro me metí.

A la mañana siguiente Steve hizo tostadas con canela, una novedad. Mantequilla y luego azúcar y canela. Puso en mi plato una tostada boca arriba y luego cortó otra en diagonal, de izquierda a derecha y de derecha a izquierda, formando cuatro triángulos, y con ellos hizo una pirámide.

Tostadas a la egipcia, dijo. Con canela del Nilo.

¿Qué peces hay en el Nilo?

El pez faraón, dijo él, y levantó las cejas. Luego se inclinó para hablarme al oído y que mi madre no lo oyera. Tienen escamas de mármol rojo, muy gruesas, y las aletas son de oro.

No hay ningún pez así.

¿Tú has estado en el Nilo?

No.

Yo viví un tiempo allí, en el fondo del río. No te chives a tu madre. Cuando los peces faraón se juntaban en el lecho, aquello parecía un jardín de oro. Tenían los labios gruesos, pero nunca abrían la boca. Eran muy callados. Eso sí, todo el oro lo guardaban para el próximo faraón.

¿Y cómo es que nunca he oído hablar de esos peces?

Ahora ya sabes que existen, ¿verdad? Pero tienes que guardar el secreto, por lo del oro. Hace cinco mil años alguien lo mencionó y los peces faraón más grandes tuvieron que abandonar el río y meterse entre la arena para esconderse. Las Grandes Pirámides son sus aletas, que asoman a la superficie. Eran los ejemplares más grandes de pez faraón.

Reí y le aticé en el brazo con el puño como hacía mi madre.

No existen peces tan gandes, le dije. El pez más grande es el tiburón ballena.

Ahora sí, dijo él. Pero no en aquel entonces.

Por la mañana, en clase, no pude pensar en otra cosa que en el pez faraón. Estaba convencida de que Steve se lo había inventado, pero me encantaba lo de las aletas doradas y las escamas de mármol rojo, y me los imaginaba a todos esperando en el lecho del río, la panza sobre la arena.

Shalini, dije. Tendríamos que hacer un pez faraón.

Acabábamos de empezar plástica y Shalini tenía ya a punto unas tiras de papel de periódico para las patas de nuestro reno.

¿Qué es un pez faraón?

Uno que tiene escamas rojas y aletas doradas.

Yo he visto peces dorados, pero me parece que son budistas.

¿Dónde?

Creo que en la India, en azulejos. Se pueden comprar de plástico también, y los hay con forma de globo.

¿La gente les reza?

Supongo.

Ah, entonces me apunto a ser budista.

Shalini se rió.

No puedes ser de una religión nueva así como así.

Había dos sistemas para hacer formas con papel maché, utilizando alambre o bien globos, y nosotras teníamos unos cuantos globitos escuchimizados, así que inflé uno y empecé a envolverlo con las tiras que hacía Shalini. Me imaginé grandes templos con altares para peces, y yo como sacerdotisa. Me pondría colorete rojo y me pintaría de dorado los labios y las cejas.

¿Qué es esto, Caitlin?, preguntó el señor Gustafson.

Le faltaba el resuello, supuse que de ir corriendo de un lado para otro del aula. Sus orificios nasales estaban haciendo trabajo extra.

Un pez dorado. Tendrá escamas rojas y aletas de oro.

Concentrémonos en la tarea. Queremos que Rudolph tenga patas para que pueda tirar del trineo, ¿verdad?

Es que el pez dorado es para mi religión. Soy budista.

¿Que tú eres budista?

Sí.

Caitlin.

De verdad.

¿Y qué va a decir tu madre?

Que soy budista, dirá. Soy vegetariana y le rezo al pez dorado, y a lo mejor seré sacerdotisa.

Caitlin, tú comes lo que dan en el colegio. Me consta que no eres budista. Además, ¿no tenemos suficientes religiones ya? Vendría bien que hubiera todavía unos cuantos cristianos.

Yo le rezo al pez dorado. Es mi dios.

Vale, perfecto. Haz lo que te dé la gana. Yo voy a hacer mi culo en papel maché y le rezaré también.

El señor Gustafson se alejó hacia el trineo para intentar salvarlo. Tenía a cuatro chavales en ello, pero más que trineo parecía una valla en la que el viento hubiera incrustado cosas, un objeto del vertedero.

Te has metido en un lío, Caitlin, me dijo Shalini en voz baja.

Y parecía loca de alegría por ese motivo. Se me erizó todo el vello de la nuca y se me puso la piel de gallina. Shalini podía hacerme estremecer, como si mi cuerpo fuera una campana que alguien acababa de tocar.

En el acuario, me encontré al viejo mirando un gruñón fantasma plateado.

La cara brillante, una mueca de mal genio, cabeza cuadrada, aletas como encaje transparente. Sus movimientos una coreografía, un vuelo de hada. Yo ya lo había visto antes, y siempre me daba miedo que otros peces le comieran las aletas. Creo que es por eso por lo que ponía esa cara de infeliz. No encontraba sitio apropiado donde esconderse. Siempre a la deriva en espacio abierto.

Procede del Mediterráneo, dijo el viejo. Muy extravagante. Tiene algo de la realeza.

Quizá por eso es infeliz.

Yo nunca he creído que los ricos sean infelices. Yo diría que cierran la puerta y ya no paran de reírse de nosotros.

¿Ha visto la foto?, pregunté.

Sí.

Casi tan grande como el buceador. No me imagino a este pequeño pez volviéndose así. Y flotando arriba y abajo en vertical. Todavía no entiendo cómo no se lo comen los otros.

Los pobres no se enteran, dijo el viejo. Se alimentan los unos de los otros. Con lo fácil que sería matar a todos los ricos. Al fin y al cabo, hay muy pocos. Pero no lo hacen.

¿El qué?, ¿matarlos?

Perdona. Yo jamás le haría daño a nadie, desde luego, pero ¿te parece justo ser pobre?

No.

Pues ya está. A mí no me importa si viene uno y le pega un par de mordiscos en las aletas. Tiene pinta de mandamás, con esa cara cuadrada, y esa boca. En lugar de cardenal atlántico deberían haberle puesto pez papa.

El viejo dio la espalda al tanque y cruzó el pasillo hasta donde un grupo de truchas flotaba en una corriente invisible, todas mirando hacia el mismo lado, nadando hacia ninguna parte.

Los peces de agua dulce me dejan bastante frío, dijo. Son como nosotros, nada exótico. Unos palos y unas piedras, mucho frío, todos apiñados, tiritando. Es como estar viendo a los buenos ciudadanos de Seattle.

Ojalá las personas tuvieran este aspecto, dije.

Muy buena. Tienes razón. Sin duda sería una mejora.

Los ojos de la trucha siempre expresaban alarma, como si cualquier movimiento repentino pudiera hacerle pegar un salto. Y la boca a punto de decir algo, empezando apenas a abrirse.

Ojalá pudieran hablar, dije.

¿Qué crees que dirían?

Me quedé mirando las truchas.

Volved, dije al cabo. Venid con nosotras. Mucho cuidado.

Al viejo se le escapó la risa.

Qué fría está el agua, dijo con voz de trucha. Que alguien encienda la calefacción. ¿Y no podríais echarnos una latita de maíz?

Y un poco de pan, dije yo. Tostadas con canela. Mi madre tiene un novio nuevo, se llama Steve. Esta mañana Steve me ha hecho tostadas con canela.

¿Tu madre tiene muchos novios?

Alguno que otro.

¿Y qué tal se porta con ellos?

No lo sé.

¿Es feliz?

Parece.

Mmm. Espero que lo sea.

No me gustó hablar de mi madre con el viejo. Él ni siquiera la conocía. Me fui hacia las nutrias de río. Siempre me ponían de buen humor. Pegué la frente al frío cristal y las vi correr y resbalar unas sobre otras.

A estas no les preocupa nada de nada, dijo él. Había venido detrás de mí. Viven solo para jugar.

Cuerpos oscuros y resbaladizos, tan finos y veloces, retorciéndose entre sí, saltando fuera del agua para correr sobre sus aletas. Eran unos seres únicos. Seguidos quizá de los pingüinos, pero a distancia. Yo aún prefería ser nutria de río antes que pez pipa fantasma. Crear nuevos cúmulos de estrellas no servía de nada si luego acababas solo.

Horas extra, dijo mi madre cuando monté en el coche.

Vale, dije, pero no estaba contenta.

Solo quería llegar a casa, cenar y acostarme. Nos despertábamos cada día a las cinco para salir a las seis, porque mi madre empezaba a trabajar a las siete en punto.

Tomamos por Alaskan Way bajo la lluvia y luego cruzamos por Harbor Island y el puente de West Seattle para coger West Marginal Way Southwest. El país del contenedor. Montañas de contenedores por todas partes, rojos, azules y blancos.

Los colores de la bandera, dije.

¿Qué?

Acabo de darme cuenta. Los contenedores llevan los colores de la bandera. Y los cascos de los barcos son rojos o azules, la parte de arriba blanca, y las grúas son rojas.

Es verdad, dijo mi madre. Nunca me había fijado. Bien visto. Los costados de los cascos son negros, y en los contenedores hay también un poco de verde y de gris, pero sí, en conjunto es como una gran bandera. Y tu madre es Betsy Ross.

Anochecía cuando llegamos, los faros encendidos, el aire estriado. Grandes reflectores en lo alto, todo el cielo iluminado y descendiendo. Mi día de lluvia favorito.

Hoy acabaré tarde, dijo mi madre. Volveré hacia las doce de la noche. Aquí tienes diez dólares el puesto de comida ambulante, cuando te entre hambre. Vendré a verte durante la pausa, a eso de las nueve, o no más tarde de las diez.

Mi madre tenía manchas de grasa en las mejillas. La cola de caballo le había quedado aplastada de llevar el casco.

Pórtate bien y no te alejes.

Luego me dio un beso, cogió el casco y se alejó a paso rápido por la acera.

Las horas extra eran dos o tres veces por semana, pero nunca sabíamos cuándo exactamente. Mi madre aceptaba siempre porque decía que así era como tomábamos la delantera. Paga y media, que venía a ser casi quince dólares la hora.

Me quedé un rato en el coche escuchando los ruiditos que hacía el motor al enfriarse y el repicar de la lluvia en el techo. El asiento se fue enfriando también, las ventanas se empañaron. Luces amarillas intermitentes en las grúas pequeñas conforme iban depositando los contenedores en su sitio, luces rojas en las grúas que avanzaban sobre el agua para descargar barcos. Luz blanca para cada una de las pequeñas cabinas en las que iba una persona. Mi madre sin luz, una de las sombras oscuras en tierra.

Me intrigaba lo que podía haber en los contenedores. Venidos de todo el mundo, llenos de esto y de aquello. Omnipresentes funcionarios de aduanas en sus jeeps nuevos, verificando la carga, abriendo puertas metálicas armados de linternas.

El coche se había enfriado mucho, y procurando no pisar los charcos me dirigí hacia la rampa que subía hasta el bar. Acceso para silla de ruedas, pero ¿qué pintaba aquí alguien en silla de ruedas? Una oficina portátil con lámparas fluorescentes, delgada moqueta gris, paredes desnudas. Sillas de plástico, varios tablones de anuncios y tres funcionarios de aduanas con vasos de café en un rincón, hablando en voz baja.

En el otro extremo, un pequeño despacho donde de día había una secretaria, pero por la noche no. Yo las conocía a todas, porque durante las vacaciones escolares pasaba allí mucho tiempo. Darla, a quien le gustaban mis dibujos y siempre me daba conversación; Liz, a quien no le gustaban los niños; Mary, que siempre estaba escuchando música y no me oía, y varias secretarias más. Al lado había más oficinas portátiles, y todo el mundo iba de acá para allá con papeles, tazones de café e impermeables.

Como la espera iba a ser larga, decidí hacer los deberes, aunque tenía poca cosa. Saqué el libro de mates de mi mochila. Quebrados y tantos por ciento. El señor Gustafson nos había enseñado a aplicar a cada problema alguna cosa concreta de nuestra vida diaria. Si diez personas formaban una familia y mi madre y yo éramos solo dos, entonces éramos un quinto de familia. Si un tiburón se lanzaba contra un banco de cuarenta peces y se comía el 10 por ciento, entonces había cuatro peces menos.

¿Está aquí tu padre o tu madre, o algún tutor?

Era uno de los funcionarios de aduanas. Me estaba mirando allí de pie, con un café en la mano. Pelo corto, mayor. Un arma a la cadera.

Déjala en paz, Bill, dijo otro.

¿Cuántos años tienes?

Doce, dije.

Aquel hombre me daba miedo. Estaba claro que quería hacer daño a alguien.

¿Dónde están, tus padres o tu tutor?

Mi madre está haciendo horas extraordinarias.

¿Madre soltera?

Corta ya, Bill.

Bill hizo caso omiso, siguió mirándome fijamente.

¿Cómo se llama?

Sheri Thompson.

Sheri Thompson. Pues dile que venga a verme. Inspector Bigby.

No pude moverme. Era como tener delante a un perro dispuesto a morder. La piel enrojecida, curtida, afeitado pero con todos los poros de la barba visibles. Entonces dio media vuelta y los otros rieron y salieron de allí.

La oficina portátil como una pecera, iluminada desde arriba, pero en el acuario vigilaban qué peces iban juntos. A Bill no le habrían dejado entrar. La vida real era más como el océano, donde podía aparecer un depredador en cualquier momento.

No pude hacer los deberes. No me concentraba. Guardé el libro de mates y me quedé allí sentada, sola, varias horas, con miedo a moverme, escuchando la lluvia en el techo y los motores diésel de las grúas. Me daba miedo que volviera Bill, y miedo también que pudiera estar buscando a mi madre. No sabía qué le iba a hacer si la encontraba. No sabía si estábamos metidas en algún lío.

Cuando por fin apareció mi madre, corrí a sus brazos.

Ella me levantó en vilo, cosa que ya no hacía nunca.

¿Qué ha pasado?, preguntó. ¿Qué ocurre?

Intenté responder, pero me había dado un ataque de llanto, no podía controlarme.

Ella me bajó.

Caitlin, haz el favor de explicármelo, ya.

El inspector Bigby, dije. Me ha preguntado si estaba aquí mi padre o mi madre, y dice que quiere verte. Es uno de los de aduanas.

Mi madre volvió la vista hacia la ventana, como si el inspector pudiera estar observándonos en aquel momento.

Se llama Bill y es malo, y todos se han echado a reír.

Ven conmigo ahora mismo, dijo mi madre. Nos vamos al coche. Camina deprisa.

Cogí la mochila y nos apresuramos bajo la lluvia, vulnerables y a la vista de todos. Grandes reflectores.

Monté en el coche. Mi madre dejó la puerta abierta.

Tengo que decirle al capataz que me marcho. Vuelvo enseguida, dijo.

No te vayas. Le he dado tu nombre.

Tranquila, Caitlin. Tú no te preocupes.

Mi madre se alejó corriendo bajo la lluvia. Con el casco puesto todavía. Me entró miedo a que no volviera, a que Bill se la llevara en su flamante jeep a alguna cárcel, a pesar de que no había hecho nada malo, y que yo no volviera a verla más. Encerrada quién sabe dónde.

Y no volvía. En el techo del coche agujas de lluvia, luces deslumbrantes en la oscuridad tragándose a mi madre.

Pero al final sí volvió. Fuimos en el coche, despacio, hasta la verja. Ella frenó para mostrar su documentación, y después libres, de vuelta a West Marginal Way Southwest y el puente más allá.

Cuando llegamos a casa, mi madre aparcó delante de nuestro piso, apagó el motor y se dejó caer sobre el volante.

Lo siento, dije.

No, cariño, dijo ella, ya está. Tú no tienes la culpa. Y no volverá a suceder nunca más. Por lo visto la ley no permite que te deje sola, sin la compañía de un adulto, o sea que no haré más horas extra. Pero no tiene por qué pasar nada. Cobro suficiente para el alquiler, la comida y la gasolina, y tú tienes el pase del acuario. Me alcanza para el agua y la calefacción. No haremos extras, eso es todo. Cancelaré el teléfono y la tele, si es que puedo.

¿Tomaremos la delantera igual?

Mi madre rió.

Cariño. Haces demasiado caso de lo que digo. Todo irá bien. No podré guardar nada para mi jubilación ni para que vayas a la universidad. A eso me refería con lo de tomar la delantera. Quizá incluso ahorrar para comprar una casa, pero eso tampoco lo estaba haciendo. Pero creo que sí podrás ir a la universidad. Tú procura estudiar mucho, ¿de acuerdo?

En clase de plástica hice un inspector Bigby de papel maché. No utilicé un globo, porque pensaba clavarle un montón de agujas al tal Bill. Hice una pelota con papel de periódico y luego la envolví con tiras húmedas. Pensaba pintarle la cabeza de rojo y el uniforme de blanco.

¿Qué es esto?, preguntó el señor Gustafson.

Bigby, inspector de aduanas.

¿Forma parte del panteón budista?

¿Qué?

¿Es una de tus divinidades budistas, como el pez dorado? ¿Montará también en el trineo?

No.

¿Entonces?

Hice pedazos al inspector Bigby, desgarré todo el papel de periódico y lo dejé caer al suelo. Y luego rompí a llorar. No pude evitarlo.

Estupendo, dijo el señor Gustafson. Justo lo que necesitaba. Shalini, ¿podrías acompañar a Caitlin al servicio y que llore un rato allí?

Todos me estaban mirando. Bajé la cabeza y me dejé llevar de la mano por Shalini. Le vi las pulseras doradas, que bailaban y brincaban en su muñeca. Salimos rápidamente del aula, camino de los aseos.

Teníamos doce años. Ella no fue capaz de darme un buen consejo, o de decirme que todo iría bien. Y yo no fui capaz de decirle qué era lo que pasaba. Pero recuerdo estar las dos delante del espejo, yo con los ojos rojos, y que ella me abrazó por detrás. Pegada a mi espalda, ciñéndome con sus brazos, la cara remetida en la curva de mi cuello, la sensación de su aliento. En el espejo, sus cabellos negros en contraste con los míos rubios. Es la imagen más clara que tengo de las dos, gracias al estúpido espejo, y mi cara arrugada de autocompasión, como la de cualquier crío que se ve llorar.

El viejo me lo notó enseguida.

¿Qué te pasa?, dijo.

Me lo había encontrado descansando en un banco cerca de las medusas. Me senté, me apoyé en él y me rodeó con el brazo.

Tranquila, dijo.

Su chaqueta olía a frío. Debía de haber entrado hacía poco. Hoy no había casi nadie, los oscuros pasillos cálidos y húmedos y privados. Mucha gente en verano, pero ¿quién iba a un acuario en diciembre?

¿Sabía que las medusas no son peces?, le pregunté.

Tiene sentido, dijo el viejo. Pero supongo que en realidad no lo sabía.

Y existen desde hace quinientos o quizá setecientos millones de años. Son más viejas que cualquier otra cosa.

Me escondí junto al hombre y observé cómo subían y bajaban las medusas. Pausado latir vital, hechas de nada, venidas de otro universo.

No me imagino setecientos millones de años, dijo él después. Se me escapa por completo. Cuatro o cinco veces más viejas que los dinosaurios, pero a ver quién imagina lo que hubo antes de los dinosaurios, antes de los tiburones... Es como tratar de imaginar... bueno, yo qué sé. Entonces Sudamérica debía de ser todavía parte de África, digo yo, o igual ni existían aves, por ejemplo. ¿Te imaginas un mundo sin pájaros? Y nada que se arrastrara. Supongo que habría plantas, pero ¿de qué clase? Si es que las había, claro. ¿Helechos o algo así?

No, no había plantas en tierra firme, dije.

Santo cielo.

Ojalá hubiera medusas de caja, dije.

¿Y por qué?

Tienen veinticuatro ojos y cuatro cerebros, y de los ojos hay dos que probablemente ven.

No te entiendo. ¿Los ojos no ven siempre?

Los de las medusas solo notan la luz. Pero la medusa de caja puede llegar a ver. Es probable que el primer ser vivo que viera algo fuese una medusa.

¿Y dónde has aprendido todo eso?

De Fish Mike.

¿Y eso qué es?

Mike da una charla aquí cada dos semanas. La última fue sobre medusas.

¿Qué más dijo?

Que dentro de unos cien años es probable que la mayoría de los peces haya desaparecido, y que quizá de nuevo solo habrá medusas. Dijo que disfrutáramos ahora de los peces, porque pronto no los podremos ver.

Todavía no me creo que no hubiera plantas, dijo el viejo. Me estoy imaginando un mundo donde todo fueran rocas y mar, nada más que eso, y la medusa el único habitante marino. El planeta entero para ellas. Y ahora me entero de que va a ser para las medusas otra vez, como si el tiempo retrocediera. Solo tienes doce años, pero ¿sabes que lo que has dicho hoy es más increíble que cualquier cosa que haya oído en toda mi vida?

Me incorporé para mirarle. Creí que se estaba burlando de mí, pero no reía. Parecía serio. Me puso una mano en la cabeza, como hacía mi madre a veces.

Caitlin, dijo, tú no sabes la suerte que tengo de estar aquí contigo.

Supe que algo no encajaba. Incluso con doce años, sabía que no te encuentras a un viejo como él así como así. Pero le necesitaba y decidí pasar de todo lo que pareciera repulsivo. Me acurruqué otra vez contra él, el viejo rodeándome todavía con un brazo, y contemplé el lento e incesante latir de las medusas, un pulso anterior a la existencia de algo llamado corazón, y tuve la sensación de que mi vida podía ser una realidad. El viejo había dicho que yo era increíble, y en aquel momento me sentí capaz de todo.

Bien, ¿y qué es lo que te pasa?, preguntó. ¿Cómo es que estás tan alterada? Puedes contármelo.

No sabía cómo hablarle del inspector Bigby. No era un hombre y nada más, sino parte de una amenaza de mayor envergadura, que me arrebataran a mi madre, y no sabía si habíamos hecho algo malo. Simplemente tenía miedo, pero miedo de todo.

Perdona, dijo el viejo. Caitlin, noto que estás respirando muy deprisa. ¿Te encuentras bien? ¿Es un ataque de pánico o algo así?

No fui capaz de responder.

Caitlin, es preciso que te calmes.

Me puso una mano en el pecho.

Demonios, el corazón te va a mil. Di algo, por favor.

El viejo me soltó y se puso de pie.

Estas cosas nunca se me han dado bien, dijo. Lo siento, tengo que irme.

Y se marchó, a paso muy ligero para ser un hombre tan mayor, corriendo casi, y pareció que él iba cuesta arriba, que el terreno se inclinaba, mientras que yo iba deslizándome hacia abajo.

Por favor, dije, apenas con un hilo de voz.

Me encontraba sola en aquel escueto pasillo oscuro, medio tirada, y me hice un ovillo en el banco y observé las medusas allá arriba. Lunas cobrando vida, aros de luz. Sentía como si mi corazón fuera de piedra, negro y duro, en cambio las medusas estaban hechas de algo más sosegado, tranquilizador. Su tránsito lento e interminable, iniciado hacía mucho. Eran bellas, y si las mirabas el tiempo suficiente, podías pensar que fueron creadas solo por la belleza.

Ahora sabemos mucho más sobre la acidificación de los océanos. Yo debería odiar las medusas como síntoma de todo cuanto hemos destruido. Antes de que yo muera, los arrecifes se desmoronarán, se disolverán. Hacia el final de este siglo, casi todos los peces habrán desaparecido. El legado de la humanidad quedará reducido a una línea de emplasto rojo en el registro paleo-oceanográfico, una era sin conchas de carbonato cálcico que durará varios millones de años. Nuestra estupidez es tan triste como abrumadora. Pero cuando veo una medusa común, su constelación-sombrilla latiendo en la noche eterna, pienso que quizá todo va bien.

Mi madre era capaz de vivir sin futuro. Tal vez fuera esa su mejor virtud, que jamás desesperaba. Y sabía cuándo darme ánimos. Aquella tarde, en vez de volver directamente a casa, nos fuimos a cenar una pizza y a ver una película, y ella no había quedado con Steve. Tuve a mi madre para mí sola.

La pizza llevaba corazones de alcachofa, como medusas que se hubieran vuelto opacas y amarillentas, varadas en una playa de masa.

Hoy he estado mirando las medusas, le dije a mi madre.

¿Qué tal les va? ¿Alguna novedad importante?

Mamá...

Mi madre sonreía.

¿Se han enterado ya de que viven en una pecera?

Quizá fueron los primeros seres vivos en ver algo. Me refiero en toda la historia.

¿Qué quieres decir?

Que el resto no tenía visión. El mundo estaba ya hecho, y nadie podía verlo.

Vaya, reconozco que mola. Me alucinas, Caitlin. Nunca lo había pensado, eso de que el planeta existiera antes de que algún ser vivo pudiera verlo. Para el caso, no habría hecho falta que hubiera luz diurna.

Exacto.

Y entonces las medusas abrieron los ojos.

Sí.

Me las imagino como perros durmiendo en una alfombra, y de repente uno levanta la cabeza y echa un vistazo.

Mamá...

Perdona. A mí no me pirran los peces como a ti. No veo el mundo como un pez. Yo veo perros.

¿Podríamos tener uno?

Caitlin, sabes que eres alérgica.

Bueno, pero quiero un perro.

Esa es mi hija. Yo soy igual que tú. Siempre he querido las cosas que no podía tener. Pero el truco consiste en concentrarse en la pizza y disfrutar de la sal y el queso. Luego vemos una peli y después a dormir. Venga, cierra los ojos y disfruta de la sal y la grasa.

Lo intenté. Cerré los ojos y me concentré en la sal y la grasa y el aceite, y estuvo bien. Yo solo era una boca en la oscuridad.

Solo vi unos cuantos fragmentos de la película. Más que nada, miré la luz cambiante en los palcos que había más arriba, grandes formaciones rocosas en un espigón que se alzaba hasta una superficie que yo no podía ver. Nosotras estábamos en la cueva inferior, el lugar más seguro, en el cardumen más numeroso, flotando en vertical como el pez navaja pero no boca abajo. El techo que nos cubría era el suelo de otra cueva. Todos los ojos mirando hacia el exterior, a una extensión interminable, mar abierto, gruesas cortinas en las paredes formando pliegues como el oscuro ondular de la luz en las profundidades, siempre en aparente acercamiento. Los rostros a mi alrededor reflejando todos las mismas emociones a la vez y manteniendo un espaciado perfecto, resplandor de mejillas cuando volvían la cabeza para luego desaparecer de nuevo en la oscuridad. Sonidos de masticación cuando se alimentaban del arrecife, vigilantes pero sin dejar de comer.

Todo era igual que cuando veía la tele en casa con mi madre, salvo que ahora estábamos en un cardumen más grande. Que fuéramos dos o doscientos no tenía la menor importancia. Todos en silencio y quietos, mirando hacia la luz del exterior, aguardando. Y el propio mar sin cambios. Sonido amplificado, retumbante, y solo el sonido marcaba el tiempo.

De niña creía ya intuir que un pez o una persona no tenían ninguna razón de ser. El cardumen podía estar formado por ciento noventa y nueve ejemplares en lugar de por doscientos, y eso no tenía la menor consecuencia para el océano, el menor efecto en cuanto a sonido, tiempo o luz. Yo siempre estaba desapareciendo. En aquel cine también, aparecía, desaparecía y reaparecía, sin la menor consecuencia, y la roca de arriba estaba siempre igual, lo mismo que el aire informe. Intenté hacer lo que hacía mi madre, saborear la sal y la grasa y el aceite y luego ver formas de luz antes de dormirme, pero la inmersión me estaba vedada. Era incapaz de sumergirme en un tanque.

Regresamos a casa de noche, metidas en la pequeña cueva del Thunderbird, las luces del salpicadero reflejándose en la cara de mi madre. Avanzando a una velocidad inverosímil, como si las ruedas no entraran en contacto con el asfalto. Ella perdida todavía en la película. Me había cogido la mano en los momentos de tensión o de tristeza. Creo que ni siquiera se dio cuenta. En mi madre, sumergirse era algo innato.

Cuando llegamos a casa, ella estaba cansada y callada y nos fuimos a dormir sin más. No me dijo que me fuera a mi cuarto, pero para el caso su cama podría haber medido quince metros de ancho. La libertad de pizza y peli se había acabado. Solo quedaba su agotamiento y unas horas de sueño antes de un nuevo día de duro trabajo.

Demasiado pronto estábamos en el coche otra vez, rumbo al norte, de noche todavía, en medio de un torrente de faros, impetuosa corriente que nos empujaba a todos hacia la luz más grande. Seattle algo que descansaba en el lecho del océano, enorme estrella de mar con brazos relucientes y algo así como dedos negros entre medio. Fulgor bioluminiscente que lo volvía todo más próximo, luces aisladas de aeronaves en las profundidades de arriba como pescadores en aguas profundas. Sus cuerpos invisibles, formas a la deriva en la oscuridad y el frío y sin ruido. Todo ignoto.

Podía creer que no amanecería nunca. El día algo improbable y no deseado. La ciudad mucho más bonita en la oscuridad. Yo iba arrebujada en mi chaquetón con la capucha puesta, y de buena gana habría seguido viajando con mi madre eternamente, pero me dejó a la puerta de la escuela primaria Gatzert, me dijo que pases un buen día, cariño, y me dio un beso que apenas si me rozó la mejilla. Su aliento todavía denso, medio dormida aún, cada vez que expulsaba el aire una especie de suspiro. Y cuando mi madre se hubo alejado, caminé hacia la puerta principal. El conserje siempre me dejaba entrar. Los profesores llegarían una hora más tarde, y el resto de los chavales en la siguiente media hora. Pero yo era siempre la primera, sin contar al conserje, que aparentemente pasaba las noches allí.

Esperé en el único banco que había, junto al despacho del director. Las sillas estaban todas dentro de las aulas, lo que dejaba los pasillos limpios y diáfanos, largos tubos capaces de dirigir cada marea de alumnos y de profesores. Las aulas como pozas de marea, cada una un microcosmos, agua solo momentáneamente estancada. Un mundo con muchas lunas, la mayoría invisibles, el conserje y yo únicos viajeros a las seis y media y nada donde agarrarse.

A las siete y media, la siguiente bajamar, el conserje abrió todas las puertas y cada aula fue llenándose de mar en retorno, los profesores lentamente arrastrados por la corriente, sonámbulos armados de periódicos y libros y tazones de café, la chaqueta chorreando lluvia, el suelo una pista resbaladiza.

Creo que la mayoría de los peces no sobreviviría a tantas lunas y tantas mareas. Me parece que la corriente los agotaría y no sabrían dónde estaban. El oleaje los apartaría de la anémona o la roca, del trozo de arena o de coral que fuera su hogar, y con todos los ciclos posteriores acabarían perdiendo la orientación y no sabrían volver. Es muy extraño en qué nos hemos convertido.

Con doce años yo tenía sensación de aplastamiento y nada más, una especie de premonición, iba salvando cada ola y su correspondiente resaca creyendo que antes o después tal vez me vería libre. Cada día era más largo que los días de ahora, y mi propio final una posibilidad inexistente. La mía era una mente más simple, más directa y receptiva. La evolución se da también en cada uno de nosotros, asimilamos el mundo a medida que avanzamos en nuestra comprensión, cada edad supone olvidar la edad anterior, borrar toda mente previa. El mundo que vemos ya no es el mismo en absoluto.

Bien pensado, quizá me equivoco respecto a la inmersión. No sentir el tanque no significa que no estemos dentro, y hasta la soledad debe de estar contenida de una manera u otra. Los profesores me saludaban con la cabeza al pasar o murmuraban un hola, pero yo me había sentado tantas mañanas en aquel banco que era ya como roca o coral, una estructura.

A quien esperaba era a Shalini. Ella acostumbraba a llegar medio dormida, con su mochila y su tupper, se sentaba en el banco y se dejaba caer hacia mí. Qué cansada estoy, decía. Yendo en coche se quedaba dormida a menudo, así que yo la veía apenas unos minutos después de que ella acabara de soñar.

Llevo despierta tres horas, dije.

Chsss, dijo Shalini. Estoy durmiendo. Me tenía rodeada con sus brazos y yo cerré los ojos, pero entonces sonó el timbre, como pasaba siempre, y nos pusimos de pie y ella se me colgó del brazo. Dice mi madre que si quieres puedes venir mañana y te quedas a dormir, me comunicó.

¡Bien!

Chsss.

Hola, amalgama Shalini-Caitlin, dijo el señor Gustafson. ¿Qué tal si hoy fuerais dos personas en vez de una?

Shalini nunca le hacía caso, pero para ocupar dos asientos tuvimos que separarnos. Yo estaba tan contenta por lo de quedarme a dormir en su casa que no dejé de sonreír a pesar de los quebrados y los tantos por ciento. Esperar algo con ilusión hace que todo cambie. Yo siempre he necesitado un futuro. Sin eso no puedo vivir.

No sabía si me iba a encontrar al viejo. Cerca ya del acuario, aflojé el paso, y eso que estaba lloviendo, porque tenía miedo de no volver a verle. Ahora el acuario me parecería vacío sin él. El muelle 59 nada más que una edificación que se adentraba en el mar, otra masa insulsa en medio del gris. La lluvia helada, casi aguanieve. Un día sin luz, el aire cargado de oscuras cortinas y columnas que barrían el agua.

Me esperaba sentado en el primer pasillo, encorvado dentro de un jersey azul oscuro, el pelo tieso formando abanicos, apelotonado aquí y allá por haber llevado gorro. Por lo demás, una forma humana con camuflaje, la cabeza moteada.

Caitlin, dijo, y se levantó. Lo siento mucho. ¿Podrás perdonar a este viejo por ser tan débil?

Hola, dije yo.

Hola. ¿Qué peces te gustaría ver hoy?

Mmm. Miré a mi alrededor, mundos dentro de otros mundos, todos al alcance de la mano. Me alegró mucho que estuviera allí, que no se hubiera marchado para siempre. El pez navaja, dije. Ayer pensé en el pez navaja mientras estaba en el cine, viendo una película con mi madre.

¿Qué película era?

No sé.

¿No lo sabes?

No la estaba mirando.

Ah.

Fuimos hasta uno de los tanques grandes, donde había coral y peces tropicales. Los peces navaja parecían espumillones, como si supieran que la Navidad estaba cerca y quisieran colaborar.

¡Pobres!, dijo el viejo. A ellos les parece normal, estar ahí como colgados. ¿Y cómo hacen para trasladarse? Si nadan hacia delante, irán a parar al fondo.

Yo siempre los he visto así.

Pues me temo que van a tener que inventarse algo.

Mi madre ya no hace horas extra.

¿No? ¿Antes hacía horas extra?

Sí.

¿Por qué?

Para que pudiéramos tomar la delantera.

Ah.

Y el inspector Bigby quería saber dónde estaban mis padres o mi tutor.

¿El inspector Bigby?

Sí. Ese hombre me dio miedo.

Y por eso estabas tan alterada.

Sí.

Lo siento, Caitlin. Debería haberte ayudado más. Y tu madre está sola, no tiene familia. Creo que yo podría intentar ayudaros. Sí, creo que podría. Anoche casi no dormí. Me gustaría dejar de ser un cero a la izquierda. ¿Tú crees que podrías presentarme a tu madre? ¿Crees que podrías hablarle de mí?

Parecía desesperado, como si me suplicara. Fue muy extraño. Intuí que algo pasaba, pero no entendía cuáles eran las posibilidades. Decidí aceptar.

Vale, dije. ¿Hoy, por ejemplo?

No. El viejo puso cara de preocupación. Se pasó la mano por los cabellos, alisándose el cogote. Quizá el lunes. Sí, el lunes mejor. Así tienes el fin de semana para hablar con ella. Explícale todo lo que hemos hecho, lo de mirar peces, lo que hemos hablado. ¿Le has contado algo de mí?

No.

Nada, ¿eh? Vaya, qué lástima. Será muy poco tiempo. En fin, el lunes. No se hable más.

Hoy vendrá a buscarme.

No, por favor. esperemos un poco. Y si quieres dejamos de hablar de esto. Paseemos por el acuario, ¿eh? ¿Has visto el dragón de mar foliáceo?

Pues claro. Todo el mundo ha visto el dragón de mar foliáceo.

Bueno, de acuerdo, pero vayamos a verlo otra vez.

El viejo me tomó de la mano y fuimos al tanque de los dragones de mar. Arena azul claro, peludas plantas verdes y un dragón de mar convertido en rama dorada de la que brotaban hojas que podrían haber sido alas. Si te fijabas bien, podías imaginarte árboles con vida propia, bosques enteros despertando y moviéndose por el terreno, hablando en susurros. Ni un solo tronco vertical, todos apaisados ahora, avanzando sobre sus ramas, las raíces colgando en el aire. Yo quería vivir en ese mundo.

He estado mirando estos peces muchos días, dijo el viejo. Un pez que solo vive para ocultarse. Bueno, los otros también se ocultan, pero este se ha pasado. No hay quien lo reconozca, retorcido como una rama, apenas capaz de nadar, las aletas inservibles. Tiene que haber algo más que ocultarse.

El viejo hablaba como resentido.

Me repugna este pez, añadió.

Contemplé aquellos lingotes de oro que se habían materializado en un cuerpo y no pude pensar en un pez más bonito, ni siquiera el pez pipa fantasma. ¿Y si un árbol pudiera adoptar la forma de un salmón, o un campo de hierba convertirse en truchas boqueando hacia el sol? Todavía ahora creo que la metamorfosis es el colmo de la belleza. Las serpientes han adaptado su colorido, las aves sus picos y patas, y hasta un macho cabrío puede desaparecer con su pelaje blanco, pero solamente los peces y los insectos pueden tomar otra forma. La mantis religiosa comparable a este dragón de mar, pero mucho más discreta. Los peces pueden convertirse en corolario de cualquier cosa, sin límites, no sujetos a ninguna base, capaces de transformarse hasta lo inimaginable. Todavía ahora encontramos formas nuevas en el océano.

No pienso ser este pez, dijo el viejo. Me niego.

¿Cómo iba a serlo?

Atrofiado en cuanto persona, enroscado como ese, disgustado, cobarde, escondiéndome, siempre haciendo mutis, como ayer cuando me marché corriendo.

El viejo entonces se volvió hacia mí y se puso de rodillas, creo que le dolieron. Me cogió las manos. Su piel era húmeda y fresca, áspera.

Mira, dijo. Tú apenas estás empezando. Tienes toda una vida por delante. A mí solo me queda un poquito. Otros hombres se arrodillarán ante ti, te ofrecerán esto y lo otro, pero lo que yo te ofrezco es más. El final de una vida es más, y mis motivos son más puros. Yo te quiero más de lo que ningún otro hombre te querrá.

Intenté librarme de sus manos, pero no me dejó.

Vendrán tiempos difíciles. Confusos para ti. No serás feliz. Pero tú recuerda que te quiero y que haré lo que sea por ti.

Me entró miedo. El viejo no me soltaba.

No, por favor, dijo. No me malinterpretes. Tú háblale de mí a tu madre y yo iré a verla el lunes. ¿De acuerdo?

Asentí con la cabeza. El corazón me latía tan deprisa que pensé que nunca volvería a ir despacio.

Muy bien, dijo. Eres la mejor niña del mundo, Caitlin.

Entonces me soltó por fin y yo di media vuelta y eché a correr por los oscuros pasillos ribeteados de luz, todos los peces mirándome, y no paré hasta llegar al vestíbulo. Me senté en un banco junto a la puerta, jadeando, y deseé que mi madre acudiera al rescate. Aún no era la hora y temí que el viejo fuera a salir. No podía esconderme en ninguna parte y fuera hacía mucho frío, la lluvia helada un fragor que ahogaba todos los demás sonidos.

El viejo se quedó inmerso entre los peces, oculto, y por fin apareció mi madre. Corrí hacia ella entre la lluvia y el viento, abrí la puerta que tanto pesaba y me puse a salvo.

Hola, cariño. Vas a ser una estrella del atletismo.

Yo no dije nada. No sabía por dónde empezar.

¿Qué ocurre?

Estaba cabizbaja, mirándome los tejanos, mojados a partir de donde terminaba el chaquetón.

Caitlin, haz el favor de decírmelo.

Shalini me ha invitado a su casa mañana, para quedarme a dormir. ¿Puedo?

Mi madre rió.

¿Era eso? Creía que pasaba algo malo. Pues claro que puedes.

Arrancó, y fue como recorrer una inundación, rociadas de agua saliendo despedidas por ambos lados, cada coche con aletas como el cardenal atlántico, transparentes, evidenciadas a la luz de los faros. De día pero oscuro, los mares esquilmados, y todos nosotros avanzando a chapoteos por el fondo en busca de otro mar. Algunos nos adelantaban, más veloces, todos con el mismo objetivo. Una luz vertiginosa.

En la lista de la clase está el teléfono de sus padres, dijo mi madre. Los llamaremos nada más llegar a casa. Oye, ¿te parece bien que venga Steve a cenar?

Steve estaba ya en el piso cuando nosotras llegamos. Oímos su armónica mientras subíamos por la escalera, una canción lánguida y triste, «Summertime». Mi madre se detuvo y cerró los ojos, y nos quedamos escuchando un momento a la intemperie. Una canción que caía y caía. Cuando acabó de tocar, Steve dijo:

Sé que estáis ahí.

Mi madre sonrió y terminamos de subir. Estaba sentado con la espalda en la puerta, las piernas estiradas y una bota sobre la otra, flores en el regazo y al lado dos bolsas del supermercado.

He pensado que prepararé yo la cena, dijo. Noche mexicana total. Fajitas de halibut, guacamole, margaritas. Un poco de salsa.

Se puso de pie y mi madre le hizo un arrumaco. Después entramos y se olvidaron de mí. Mientras Steve trabajaba en la cocina, mi madre se pegó como una lapa a su espalda. Yo me senté en el sofá y me puse a hacer los deberes. Tenía que leer una historia de unos chavales que construían una casa en un árbol en un sitio donde hacía más sol.

No te olvides de llamar, dije.

Mi madre y Steve parecieron salir de un sueño, sobresaltados al oír otra voz.

Perdona, cariño, dijo mi madre. Lo había olvidado.

Se separó de Steve y se acercó al teléfono de la pared. Buscó el número en la lista, marcó. Yo escuché. Me invitaban a ir temprano, después de comer, para que pudiera pasar más rato con ellos y después la noche. Me puse tan contenta que empecé a dar brincos.

¿Te has visto bien?, dijo Steve. Eres un frijol saltarín.

Mi madre colgó y dijo:

Bueno, mañana después de comer. Shalini también está entusiasmada, pero mejor que no des esos saltos. A ver si se nos quejan los vecinos.

Volvió con Steve, pero a mí me dio igual. Tendría a Shalini para mí sola durante casi un día. No pude concentrarme en la lectura. Me quedé sentada en el sofá, feliz y contenta.

Mi madre y Steve estaban bebiendo margaritas en los vasos grandes para agua, unos de plástico de color rosa y azul, y mi madre ya levantaba la voz y se reía y le atizaba con el puño a Steve y se le echaba encima.

Cuando estuvo lista la cena, mi madre se sentó arrimada a él en la pequeña mesa redonda del desayuno, yo al otro lado. En medio una fuente grande de fajitas, tiras finas de halibut y pimientos, champiñones, cebolla. Tortillas de maíz puestas a calentar. Un bol con guacamole, un tarro de salsa picante. Cogí una tortilla y una buena cucharada de guacamole y me puse a comer. Estaba muerta de hambre.

Steve se había puesto a reír con aquel bamboleo, y mi madre trataba de pellizcarle el pecho y el estómago y los brazos, aquellos bíceps. En un momento dado, él vio que los miraba.

Eh, no has probado las fajitas, dijo.

Es que no como pescado.

La cara se le puso triste de repente. Fue algo instantáneo.

Perdona, dijo. Si lo llego a saber… Y te acuerdas, ¿no?, de que te dije que era mi pez favorito. El halibut. Con esos ojos raros que tiene.

No pasa nada, dijo mi madre. A ella no le importa que nosotros comamos pescado. La cena está riquísima. Serás recompensado.

Lo siento, Caitlin, dijo él.

Está bien.

Entonces mi madre le dio un beso y se lo agenció otra vez. No volvieron a la superficie. En cualquier caso, nos terminamos la cena y luego él fregó los platos y de postre tomamos helado y se fueron a acostar, y todo eso sin que yo me hiciera visible. Me fui a mi cuarto a leer y me quedé dormida sin enterarme.

Pensándolo ahora, me alegro por mi madre, y creo que está bien que ella supiese cómo hacerme desaparecer. Supongo que era necesario, y no creo que yo me sintiera mal en su momento. Un poco sola quizá, pero nada más. Seguíamos estando bajo el mismo techo, juntas y a salvo.

Shalini me esperaba a la puerta de su casa. Su madre detrás, con los ojos pintados y un punto rojo en la frente.

Yo lancé un gritito, Shalini lanzó un gritito, y corrimos la una hacia la otra y chocamos y dimos vueltas en círculo dando saltos. Su madre y la mía se reían.

Shalini llevaba un precioso vestido rojo y dorado y aros de oro en los brazos, al aire a pesar del frío que hacía.

Adentro, estaba diciendo su madre. Shalini, venga, haz entrar a tu amiga.

La casa era como un palacio. No mucho más grande que nuestro piso, pero ni una sola pared desnuda. Diáfanos velos a modo de cortinas, elefantes dorados en las alfombras rojas, velas y cojines de tonos vivos y madera oscura trabajada.

Nos quitamos las dos los zapatos y mi madre se marchó sin darme yo cuenta. Olía mucho a especias, los mismos aromas del almuerzo de Shalini en el colegio, solo que más intensos. Si lo pienso ahora, diría que olía a clavo y cardamomo, a cúrcuma y uvas pasas, quizá incluso algo más dulce, como canela, pero aquel día fue simplemente abrumador, mágico. Acababa de penetrar en un territorio nuevo y desconocido. Es lo que siempre me ha gustado de la ciudad, todos esos mundos que se esconden dentro, el mayor de los acuarios.

El padre de Shalini llevaba camisa y pantalón de vestir, aunque era sábado. Me dio la mano, y creo que había saludado a mi madre antes de que ella se marchara. Luego se perdió de vista también. Olía a humo dulzón.

Shalini me llevó a su cuarto, que estaba en un pasillo estrecho. Encima de la cama y por el suelo, animales de peluche y cojines varios, una diosa con brazos dorados en la pared. Al menos veinte brazos como los de Shalini, cada uno de ellos sujetando una flor escarlata sobre un fondo negro, como si un ser humano pudiera adoptar cualquier forma, tan variadas como los peces y de sus mismos vivos colores.

Ojalá tuvieras tantos brazos, le dije a Shalini.

¿Y cómo me pondría la camiseta?

Me reí y tiré de ella hacia la cama. La colcha suave y un montón de cojines, mucho más blanda que mi cama. Hundí la nariz en sus cabellos, aspirando su olor, y metí las manos por dentro de su camiseta para palparle la piel.

Toma, aquí tienes dos brazos más, dije.

Sentí que se me ponía la piel de gallina, en los brazos y en la espalda. Shalini tenía el vientre liso y caliente, el corazón le latía deprisa, tan rápido como su respiración.

Podríamos ser peces, dije. Metámonos aquí debajo.

Tiramos los cojines y los peluches, nos metimos bajo la colcha, yo estirando para que la tela nos cubriera la cabeza.

Estamos a mil metros de profundidad, dije. Todo está oscuro. Y no hay ningún sonido.

A Shalini se le escapó la risa.

Chsss, dije. No oímos nada.

Shalini acercó la boca a mi oído y respiró, el lento peso del océano y mi espina dorsal enroscándose como una gamba. Me agarró la cabeza con ambas manos y siguió respirando en mi oreja, y yo arqueé el cuerpo, apretándome contra ella, sin poder moverme, casi paralizada.

Eres mi pez, susurró ella. Te he atrapado.

Me pasó una pierna por encima. Ahora me tenía inmovilizada contra el lecho marino, que era justo lo que yo deseaba. Me quitó la camiseta, se despojó ella del vestido y quedamos piel contra piel, y yo aspiré su olor. Luego se puso sobre mi espalda y me mordió el cuello y yo gemí, y ese fue mi primer momento de placer, mi primer recuerdo de placer.

Teníamos doce años y naturalmente no sabíamos nada, pero ese día volví a nacer. Shalini me quitó toda la ropa, ella solo con los brazaletes puestos, y nos movimos en la oscuridad guiadas por el tacto, sin pensar en nada, el deseo más puro, y ahora desearía recuperar aquel momento, el Edén que compartimos, inocencia y deseo dos cosas iguales.

Cuando mi madre pasó a recogerme a la mañana siguiente, yo estaba aturdida de dormir poco, y zumbando por dentro. Mi columna viva como la aleta de un caballito de mar, palpitando.

Pareces un zombi, dijo mi madre. Un zombi feliz. ¿Qué habéis hecho?

Nadar, dije. Flotar.

No sabía que tuvieran piscina. Estará dentro y climatizada, supongo. Pero la casa es pequeña.

Sí.

El trayecto fue muy extraño, metida en un coche viendo pasar el mundo por fuera. Estaba muy cambiado. Luminoso y despejado y pequeño, aunque no hacía sol. El aire sin distancias, la Space Needle tan próxima como cualquier casa. Igual que un pez puede flotar inmóvil en un tanque si el agua está lo bastante quieta y transparente. Suspendido, sin la menor sujeción. El tiempo desvinculado ya de un objeto, el mundo amortiguado y sin ecos, sin presión, sin movimiento.

Me acosté no bien llegamos a casa, dormí toda la tarde hasta que mi madre me llamó para cenar.

Yo de pasar la noche en casas de amigas no entiendo mucho. Se supone que te quedas a dormir, no a pasar toda la noche despierta. ¿Los padres de Shalini no hicieron nada para ver si te dormías?

No pude responder, de pesada que me sentía. Plana en una fosa oceánica, todo el peso del mar encima, incapaz de mantener los ojos abiertos.

Espero que esta noche puedas dormir. Habrá que espabilarte para que te muevas al menos unas horas.

Mi madre me sacó de la cama, me hizo andar y beber y comer y hablar; yo lo observé todo desde lejos. No podía pensar más que en Shalini. Y entonces me acordé del viejo.

Hay alguien que quiere conocerte mañana, dije. En el acuario. Un hombre mayor.

¿Un hombre mayor? ¿Trabaja allí, en el acuario?

No.

Bueno, ¿y quién es?

Yo seguía sumergida. Lamenté haber hablado del viejo.

Pues alguien, dije.

¿Tú le conoces?

Sí.

¿De qué?

Hablamos de los peces del acuario. Se parece al pejesapo tres manchas, por el pelo y las manos de viejo.

¿Cuánto hace que dura eso?

No lo sé.

¿Has estado hablando con un viejo y no me lo habías dicho?

Cerré los ojos y me sentí descender otra vez, un tirón irresistible.

Caitlin. Mi madre me levantó la barbilla para que la mirara. Yo estaba sentada a la mesa y ella de pie. ¿Cómo se llama ese hombre?

No lo sé.

¿Ha hecho algún plan contigo?

¿Qué?

¿Te ha propuesto llevarte a algún lado?

Era incapaz de pensar.

No, dije, y luego me acordé. Bueno, al mar de Cortés, en México, para ver las mantarrayas. Dice que dan volteretas hacia atrás.

¡Caitlin!, chilló mi madre. Eso me hizo despertar de golpe. Ella tenía miedo, yo también. Mañana no te marches del colegio, dijo mi madre. Te quedas allí y yo pasaré a buscarte en cuanto pueda. Después iremos al acuario. Avisaré a la policía.

No, dije yo. Es mi amigo.

¿Te ha tocado?

¿Qué?

Que si te ha tocado.

No. Bueno, estaba sentada con él y me abrazó. Trataba de consolarme.

¿Te ha tocado el pecho alguna vez?

No. Bueno, sí, una vez, pero porque me entró mucho miedo y el corazón me iba muy rápido.

¡Caitlin! Mi madre me dio un bofetón, fuerte. ¿Cómo puedes ser tan idiota, joder?

Y yo, llorando, intenté correr a mi habitación, pero mi madre me agarraba y tiraba de mí.

Cariño, decía. Perdona. Caitlin, lo siento mucho.

Me detuvo en el pasillo. Estaba llorando.

Caitlin, Caitlin, mi niña. Perdona. Es que no puedes hacerme esto.

Yo no entendía nada. Y seguía forcejeando para librarme de sus brazos, pero ella me había hecho un buen placaje y no me soltaba.

Cielo, dijo. ¿Alguna vez te ha dicho que te quería?

Sí.

Mi madre aulló, un dolor profundo, animal. El llanto le sacudía todo el cuerpo. Su brazo tenso alrededor de mi cuello y su mejilla mojada contra la mía. Me asusté mucho. Yo no sabía qué pasaba.

Tengo que llamar a la policía, dijo. Tengo que llamar enseguida, para que mañana estén preparados.

No, por favor, dije.

Pero mi madre me dejó en el suelo y fue a la cocina a telefonear. Yo me fui a la cama y me escondí bajo la colcha, sintiéndolo en el alma por el viejo. Era amable. Era bueno y nada más. Y mañana estaría sentado en el banco del acuario, o mirando peces, y entraría la policía y se lo llevaría y yo no volvería a verle nunca más. Y no había manera de prevenirle.

Oí la voz de mi madre al teléfono.

La tocó. La niña tiene solo doce años. Pensaba llevársela a México. Le dijo que la quería.

Esa noche dormí porque estaba agotada, pero a cada momento tenía sueños de pánico, alguien persiguiéndome, y la sensación me duró todo el día. Nunca me he sentido tan cerca del fin. La hora y media esperando en los pasillos del colegio bajo los fluorescentes fue insoportable. Shalini llegó apenas unos minutos antes de empezar las clases, sonriente, pero entonces me vio la cara.

¿Qué pasa?, preguntó.

Va a venir la policía. Conocí a un viejo en el acuario y hemos hablado. Es mi amigo.

Shalini no lo entendió, y lo que entreví entonces fue algo nuevo. La policía separándome de mi madre porque ella me había dejado a solas con un viejo, por no haber estado allí. Ni padre ni tutor.

No podía respirar, el corazón me daba tirones.

¡Caitlin!, dijo Shalini, y cuando recobré el conocimiento estaba en la enfermería, tendida en una cama de colchón delgado con los pies sobre cojines.

Shalini no estaba. Solo la enfermera.

¿Y mi madre?

Chsss, dijo la enfermera. Era una mujer corpulenta. Tienes que descansar. No te pasa nada. Hemos llamado a tu madre y dice que ahora mismo no puede salir del trabajo. Vendrá a las dos y media.

La habitación fría y desnuda, estéril, una ventana grande al día gris y oscuro. Sin nubes a la vista pero todo amortiguado, sin aire, todas las cosas cercanas.

La enfermera se marchó y yo me quedé allí quieta mucho rato, encogida, mirando el gris por la ventana. Quería a Shalini.

Y entonces entró otra mujer.

Hola, Caitlin, dijo. Me llamo Evelyn. Solo he venido a saludar y a ver qué tal te encuentras. Puedes hablar conmigo.

Vi que me miraba los ojos, la boca. Se sentó en una butaca de oficina con ruedas y se acercó.

¿Cómo te encuentras?

No lo sé.

¿Estás cansada?

Sí.

¿Estás triste?

Sí.

¿Por qué?

Evelyn me miraba como si yo estuviera en un acuario, una especie nueva salida de su escondite y a la que había que observar. Mis brazos aletas otra vez, pero no de encaje ni de hojas. Las sentía muy pesadas, aletas de piedra, inmovilizadas mientras unos ojos, agrandados, me observaban con atención.

Caitlin, conmigo puedes hablar. ¿Estás preocupada por algo?

Evelyn iba a apartarme de mi madre, de eso estaba segura. Sabía que tenía la facultad de tergiversar las cosas y cambiarlo todo. No le iba a explicar nada.

Estoy bien, dije.

No lo parece.

Es que no me apetecía desayunar. Estoy un poco mareada. Necesito comer algo.

Está bien, dijo. No me creyó, eso saltaba a la vista. Veo que tienes la mejilla un poquito hinchada. ¿Te ha pegado tu madre?

Después entró la policía. No estaban esperando a mi madre. Un hombre y una mujer, el hombre se marchó enseguida. La mujer llevaba pistola y porra, chaqueta acolchada. Como si el viejo o mi madre fueran peligrosos y pudieran atacarla.

¿Te llamas Caitlin Thompson?

Asentí con la cabeza.

¿Nacida el 24 de septiembre de 1982?

Sí.

¿Tu madre es Sheri Thompson, nacida el 7 de julio de 1961?

Sí.

Descríbeme, por favor, al hombre a quien conociste en el acuario de Seattle.

La agente ni siquiera me miraba. La vista fija en sus notas. Llevaba cola de caballo y era más joven que mi madre. Olía a betún y a cuero.

Somos amigos.

¿Cómo es físicamente?

Como el pejesapo tres manchas.

Describe su aspecto, por favor.

Él no vigila los huevos, pero tiene la misma piel como a manchas.

La agente bajó su libreta y me miró por fin.

Caitlin, dijo. Tienes que echar una mano. Solo trato de protegerte. ¿Ese hombre te ha tocado?

Fueron abrazos y nada más. Se portó bien conmigo.

¿Cuántas veces lo ha hecho?

No sé.

¿Cuántas?

Un par o así. Es mi amigo.

¿Te ha tocado el pecho?

Sí, pero porque me entró miedo. Tuve pánico.

¿Y de qué tenías pánico?

No puedo decirlo.

¿No puedes?

No.

Caitlin, ese hombre se ha metido en un buen lío, y tú estás en un buen lío también. Es preciso que me lo cuentes todo. Puedo quedarme aquí todo el día de hoy, y mañana, y el otro y el otro hasta que me lo hayas contado. No conseguirás que me marche. ¿Lo has entendido?

La odio.

Está bien. Ódiame si quieres. Pero me lo vas a contar todo. ¿Por qué razón sentiste pánico?

Cerré los ojos e intenté hundirme en las aguas más profundas, en la oscuridad absoluta. El corazón empezó a latirme deprisa, en mis párpados destellos rojos, pero me hundiría donde ella no pudiera encontrarme, donde no pudiera encontrarme nadie.

Caitlin, estaba diciendo otra vez, pero su voz me llegó lejana y débil y en sordina, y la agente no me iba a tocar.

Eso yo lo sabía. Se preocupaban mucho de eso, de no establecer ningún contacto. Así pues, yo podía tener los ojos cerrados y seguir hundiéndome sin que ellos pudieran hacer nada. Nunca sabrían lo del inspector Bigby y lo de ni padre ni tutor, ni lo que había pasado entre el viejo y yo. Si lograba descender lo suficiente, estaría a salvo.

Mi madre tardó una eternidad. Cuando llegó estaba sin resuello, había venido corriendo desde el coche. Llevaba puesta la ropa de faena, mono y botas.

Vio a los policías, la terapeuta, la enfermera.

¿Qué hacen ustedes aquí?

Hemos estado hablando con su hija, dijo Evelyn. Nos preocupa lo que está pasando en el acuario, y también en casa.

Yo no les he contado nada, dije.

¿Qué?

Mi madre parecía no entender.

¿Qué es lo que hay que contar?, preguntó Evelyn.

Los dos agentes se acercaron.

¿Se puede saber de qué están hablando?, dijo mi madre.

¿Ha pegado usted a su hija?

¡Déjenla en paz!, chillé, y corrí hacia ella, la rodeé con los brazos y no pude aguantarme, empecé a sollozar a oleadas.

Hay un hombre mayor en el acuario, explicó mi madre. Ha estado tocando a mi hija, tenía planes de llevársela a México, dice que la quiere. A ver si se enteran de una puta vez. Vamos al acuario a hablar con ese sujeto, háganme el favor.

Es mi amigo, sollocé yo, pero casi no me salían las palabras.

Mi madre me abrazaba con fuerza, me frotaba la espalda.

Señora Thompson, tiene usted que colaborar, dijo el agente. Tenía una voz grave.

Y usted tiene que hacer su trabajo. Contaré que no movieron un dedo para proteger a una niña de doce años y que dejaron escapar a ese hombre, que ahora mismo podría estar rondando por la ciudad en busca de otras niñas. Y no soy «señora». Thompson a secas.

Se hizo el silencio. Yo no me atrevía a mirar a nadie. Seguí abrazada a mi madre, los ojos cerrados.

De acuerdo, dijo el hombre. Primero iremos al acuario, señorita Thompson, pero luego vendrá usted con nosotros a comisaría. Y es posible que después tengamos que hacer una inspección de su vivienda. Avisaremos a los de Asesoramiento Familiar y haremos que un médico examine a su hija. Esto no terminará hasta que nosotros digamos que ha terminado.

Les convendría un poco de buena educación. Intenten ser más humanos.

No puede usted insultarnos, dijo la agente.

Puedo hacer lo que me dé la gana. Soy madre de una niña de doce años. Hasta el gobernador es un pedófilo si yo afirmo que lo es. ¿Qué me dicen de ustedes? ¿Les gustan las niñas?

Bueno, ya basta, dijo el agente. Me temo que va a ser un día largo para usted. Pero empecemos por el acuario. Son ya casi las tres. Usted nos seguirá en su coche y aparcará cuando lo hagamos nosotros, a unas manzanas del acuario. Después Caitlin entrará sola, como siempre, y nosotros vigilaremos.

¿Y si resulta que él hace algo antes de que lleguen ustedes?

Tenemos apostados agentes de paisano en el acuario. Su hija no correrá peligro.

Subimos a los coches y tomamos East Yesler Way en dirección al estrecho de Puget, aguas oscuras al pie de la ciudad. Mi madre hablaba muy deprisa, preocupada.

No se te ocurra decir que te he dado un bofetón. Te apartarían de mí. Se te llevarían, Caitlin. Tienes que perdonarme. No debería haberte pegado, te juro que no se repetirá. Pero a ellos no les digas nada. ¿Lo has entendido?

No diré nada, mamá, dije.

La mera idea de perder a mi madre me hizo llorar otra vez.

Me dan miedo, Caitlin. Son capaces de cualquier cosa. Da igual que tenga sentido o no. De mí no puedes contarles nada, pero de ese viejo tienes que decírselo todo. Él también quiere llevársete.

Nuestro viejo automóvil embistiendo como un toro, mi madre maltratando el acelerador y el freno, muerta de miedo, el coche patrulla delante. El cielo blanco y sin lluvia en ese momento, pero las calles mojadas. Tenía la sensación de que todo iba a terminar, todo bajo presión, derrumbándose. También el cielo se vendría abajo, y las calles se hundirían y el agua entraría a raudales, el peso de todo el océano Pacífico.

La peor de las traiciones. Nos arrimamos al bordillo y yo me quedé en la acera, rodeada de pequeños charcos, espejos oscuros, todo el suelo salpicado de hoyos. Apenas podía andar.

Salúdale como harías normalmente, me dijo el policía.

Pistola y porra, plata en el cinto y en la placa, metal líquido que lo engalanaba.

No tuve elección. Todo puesto en marcha. Toda la infancia igual. Hice mi recorrido de costumbre en un día diferente de cualquier otro, y ya no era capaz de calibrar las distancias. Descargaba el peso con demasiada fuerza, o con demasiada poca. Y mi amigo allí esperando, convencido de que hoy iba a conocer a mi madre.

Deseé achatarme, mi cuerpo convertido en una corteza gris y porosa, como la acera, mis brazos aletas de gravilla, los ojos disfrazados de charcos. La policía pasaría sin saberlo sobre mi cuerpo. Por la noche quizá podría arrastrarme por la calle, me alimentaría de lo que hubiera arrastrado la lluvia, y el sol me ablandaría después, cambiaría mi color a un gris más claro, que la lluvia luego volvería a oscurecer.

Pero no, no disponía de ningún camuflaje, estaba expuesta a todos, erguida, caminando sobre dos piernas que parecían inverosímiles, haciendo eses por la acera en un movimiento de zigzag al que la gravedad proporcionaba equilibrio. El acuario al alcance ya de la vista.

Volví la cabeza. La policía estaba a media manzana de distancia, y mi madre.

Mis latidos como truenos lejanos, pánico. Debería haber gritado para advertirle y huir corriendo, pero seguí andando. Abrí la puerta del acuario.

El vestíbulo, solo unas cuantas personas. Me pregunté cuáles serían policías. Dudé un momento, pensando que si me quedaba donde estaba y no iba hacia los pasillos, ellos no le encontrarían. Pero penetré en la cálida oscuridad, todos los mundos iluminados por cada lado, y le vi delante de un tanque con anémonas de mar y peces payaso.

Qué blandos son, dijo. Imagínate vivir así.

El pez payaso amarillo con una franja blanca a lo largo del lomo. Peces que siempre estaban donde tenían que estar.

Las anémonas son medusas que no pueden nadar libres, dije.

Caramba, dijo el viejo. ¿Y qué más?

Si las tocas, es como si explotaran cientos de pequeños arpones, todos venenosos. Por eso tienen un tacto viscoso. Pero a los peces payaso no les hacen nada.

El viejo me pasó un brazo por los hombros.

Caitlin, hoy te he traído una sorpresa maravillosa.

Noté el olor a aftershave. Se había puesto una chaqueta y una camisa nuevas, llevaba el pelo bien cortado y peinado. Sonreía nervioso, sus ojos iban de acá para allá.

Señor, dijo un hombre detrás de nosotros. Apártese de la niña. Policía de Seattle.

¿Qué?

El viejo no lo entendió. Ahora eran tres, agentes de paisano.

Lo siento, intenté decir, pero no pude articular palabra. No podía respirar.

¿Qué significa esto?

Acompáñenos, por favor. Nos gustaría hacerle unas cuantas preguntas.

Los agentes como sombras con sus prendas oscuras, solo las caras iluminadas por los tanques. Se lo llevaban, pero yo fui detrás y le agarré de un brazo.

Por favor, dije.

¿Quiénes son ustedes?, exigió saber el viejo. Parecía asustado.

Policía de Seattle.

Uno de los agentes me cogió del brazo y me apartó.

No lo han entendido, dijo el viejo. No, esto no está bien. Se equivocan ustedes.

¡Caitlin!, dijo mi madre en voz alta, y la vi correr hacia mí.

¡Sheri!, dijo el hombre. Explícales quién soy.

Mi madre se detuvo como si hubiera chocado con una pared.

No, dijo. Se llevó las manos a la cara, como si se pusiera a rezar, y luego se postró de rodillas. No, dijo. No puedes hacerme esto.

La policía continuaba tirando del viejo.

¡Sheri!, gritó él. Tienes que decírselo. Creen que soy un pervertido.

Es el abuelo de la niña, dijo mi madre. Es mi padre.

Los policías lo soltaron.

Caitlin, dijo él.

No, dijo mi madre. Haz el favor de no acercarte a ella.

Mi abuelo se quedó inmóvil, como si mi madre tuviera poder sobre todo.

Igualmente quiero presentar cargos, dijo mi madre. Él quería llevársela a México. ¿Eso no se considera rapto de un menor? O, si no, ¿podrían dictar una orden de alejamiento?

Mi madre seguía de rodillas. Ahora los policías de paisano a su lado.

El agente tenía la boca abierta, como si estuviera estudiando su respuesta.

Está bien, dijo. Ahora interrogaremos a su padre. Y luego ya se verá.

Sheri, dijo el viejo. Por favor. Dio unos pasos hacia ella, pero los policías lo sujetaron de nuevo. Sheri. Dejó de forcejear, los hombros caídos, la cabeza baja. Perdóname. Siento mucho lo que pasó, pero no me hagas esto ahora.

Como huevos en apretados racimos, la más densa de las anémonas. Una luna verde bosque en el extremo de cada tentáculo, meciéndose en la corriente. Iluminada desde el interior, imposible de localizar. Estaba y no estaba. Dentro de mí una cierta sensación de optimismo, pertenecía a una familia, estaba donde tenía que estar. La policía nos había separado y la agente a la que yo odiaba empezó a hacerme preguntas otra vez, pero yo me limité a mirar las anémonas mientras pensaba en todas las veces que estaríamos juntos, los cumpleaños, los domingos, cada tarde en el acuario al salir del cole. Mi abuelo, el mío. El mejor regalo que había recibido en mi vida.

Me lo vas a contar, dijo la agente.

El cuerpo de la anémona apenas una constelación blanca en segundo plano, oculto y a la vista y oculto otra vez. Se me escapaba de qué podían estar hechas las medusas y las anémonas.

¿Cuándo ibais a ir a México? ¿Cuál era el plan?

Mi abuelo en algún otro pasillo, no podía verle, mi madre lejos también. Mi madre un ser extraño ahora, algo que yo no podía entender.

México, Caitlin. Concéntrate. Mírame a mí.

Pero la mujer no se atrevió a tocarme. Yo miré cómo se deslizaban entre las lunas los peces payaso, arrimándose, y mantuve la boca cerrada. Muy cerca del cristal, mi propia cara en sombra, un mundo oculto dentro de otro. Y a mi abuelo, ¿cómo le iba a llamar?, ¿abuelito?, ¿por su nombre de pila? ¿Y cuál era su nombre de pila, y dónde había estado todos estos años?

Como racimos de planetas iluminados por soles más suaves. Planetas apiñados unos contra otros, sin órbita, meciéndose a la par en una corriente invisible, no viento celeste sino una fuerza magnética que todo lo desperdigaba para ordenarlo otra vez. La escala perdida siempre que yo miraba un tanque. Cada universo una novedad.

¿Ha intentado besarte, Caitlin?

Apoyé los labios en el cristal y planté un beso, los dejé quietos. Mis labios la base de una anémona, el pie que me adhería al sustrato. Mi cabeza meciéndose despacio con aquellos extraños brazos, mis cabellos dotados de vida propia, peces payaso serpenteando entre ellos, cosquillas en el cuero cabelludo.

¡Caitlin!, gritó la policía.

Chasqueó los dedos cerca de mi cara, pero todo sonido llegaba amortiguado, sumergido. ¿Viviría en casa, el abuelo? ¿Nos mudaríamos nosotras a vivir con él?

¿Te dijo que le tocaras? ¿Se bajó la bragueta?

Cerré un momento los ojos y permanecí pegada al cristal con las manos y los labios. Pensé en los peces mano vigilando sus huevos dorados, en sus labios pintados de rojo. Un jardín de césped marino violeta, mi pequeña cueva en la roca.

El cristal estaba caliente. Una leve vibración, un zumbido, y la agente perdida, flotando cada vez más lejos.

Llegó mi madre por fin, su mano en mi espalda. Me despegué del cristal y me hundí en ella.

Lo siento, Caitlin, dijo.

Busqué con la mirada a mi abuelo al entrar en el vestíbulo.

¿Dónde está?, pregunté.

Chsss, dijo mi madre.

Me dejé caer al suelo.

No, dije. Sin él no me marcho de aquí.

¡Caitlin!

¿Me vas a pegar?

Evelyn no estaba lejos, junto a la salida. También los policías. Yo no lo había dicho en voz alta, pero quizá sí lo suficiente. Mi madre se arrodilló a mi lado y me susurró al oído.

Debemos tener cuidado, Caitlin. No te pegaré nunca más, ¿vale?, pero hemos de tener cuidado. Y tú del abuelo no sabes nada. Tú no sabes lo que nos hizo, a mí y a mi madre.

No me marcho sin él.

Lo siento, Caitlin, pero no vas a verle nunca más.

Te odio.

Entonces se vino abajo. Fue muy extraño, algo que yo no le había visto nunca. Se vino abajo del todo, se ovilló sobre la moqueta, abrazada a mí, y empezó a sollozar. Convulsiones. Los policías se acercaron, intentaron hablar con ella, pero mi madre no paraba de agitarse, y no me soltaba tampoco. Yo me estaba ahogando, el brazo atrapado por su cara y húmedo de lágrimas. Ella respirando a sacudidas, como si la estuvieran aplastando. Sonidos pellizcados, sonidos de miedo.

Señorita Thompson.

Era el poli de paisano. Seguía intentando hablar con ella.

Yo sentía como si tirara de mí hacia dentro, contracciones de un parto al revés, mi madre con la boca abierta. Me dio miedo. Cómo se agarraba a mí, desesperada, cómo temblaba toda ella.

Señorita Thompson, tenemos que hablar con usted. Procure tranquilizarse. No podemos retener a su padre. No existen pruebas de que tuviera planes de llevarse a su hija a México. No fue más que un comentario sobre las mantarrayas, sobre un sitio bonito adonde ir quién sabe cuándo. Él afirma que pensaba también en usted. Unas vacaciones familiares, los tres. Él corría con los gastos. Dice que pidió reunirse con usted hoy aquí, que no se han visto desde hace muchos años. Esto no es incumbencia de la policía. Deben ustedes hablarlo y buscar la solución. También dice que le tocó el pecho a su hija pero solo una vez, porque la niña tenía un ataque de pánico y eso le preocupó, lo cual cuadra con la explicación que ha dado su hija.

Mi madre sacudiendo la cabeza, frotándola contra mí, fuerte. Sin articular palabra, solo aquellos terribles sollozos, bruscos y súbitos como en un ataque de hipo.

No vamos a detenerle, ¿me oye? Por hoy no voy a molestarlos más. Ya nos han hecho perder tiempo más que suficiente. Y no conduzca mientras no se calme usted un poco, ¿de acuerdo?

Mi madre no paró de llorar hasta mucho después de que se hubieron ido. Nos quedamos ella y yo solas en medio del vestíbulo enmoquetado. La gente del acuario demasiado asustada para acercarse, mi abuelo quién sabía dónde, aunque yo seguía buscándolo con la mirada. Uno de los momentos más horribles de mi vida, ver a mi madre tirada de aquella manera, y necesitábamos a mi abuelo.

Esa noche no pegué ojo. Perdida en la oscuridad, aeronaves sobrevolando la superficie, ruido como de misiles aproximándose. Tenue luz líquida en el techo, olas vistas por su cara inferior. Un océano vacío, frío y sin textura, incapaz incluso de amortiguar los sonidos. Las luces pequeñas extinguidas todas, la bioluminiscencia apenas un recuerdo, ninguna constelación.

Mi abuelo. No estábamos solas. ¿Y si resultaba que había otros parientes? Mi padre, un tío o una tía, primos, familia que mi madre me hubiera ocultado. Ella no dejaba de sollozar. La estuve escuchando toda la noche y su pena iba a oleadas. Cuando yo ya pensaba que se había dormido, volvía a empezar. Decía cosas, pequeñas exclamaciones de cólera y de dolor, pero no entendí nada. Era demasiado pequeña para eso. Lo que más recuerdo es el miedo. Aquello me superaba. La manta una cubierta fina, ninguna protección.

Mañana lánguida, luz gris y acuosa, sonido de lluvia. Solo nos levantamos para ir al baño, y ella telefoneó al trabajo diciendo que estaba enferma. Por lo demás, cada cual en su cuarto. Ni colegio, ni Shalini, ni acuario. Ruidos en el estómago vacío, las rodillas doloridas de estar de costado. Al final debí de quedarme dormida porque me desperté a media tarde.

Mamá, llamé en voz alta.

Me entró pánico de que se hubiera marchado.

Pero vino al cabo de un momento y se acostó junto a mí, frente a frente como dos caballitos de mar. Tenía los ojos rojos y las mejillas y los labios hinchados, el pelo enmarañado.

Te quiero, cariño, dijo.

Ya lo sé.

Y todo va a salir bien.

¿Qué hago, le llamo abuelo?

No vamos a llamarle nada de nada, cariño. Él se marchó hace mucho tiempo, así que no tiene por qué volver.

Estaba demasiado cansada para discutir con mi madre. Ella me había rodeado con un brazo y yo me quedé mirando sus ojos y su boca.

Ya sabes que no me gusta hablar del pasado, dijo. Pero te lo voy a contar. Tienes que saberlo. Mi madre, su mujer, se estaba muriendo. Y él se marchó, sin más. No volvimos a saber de él. Huyó. Yo acababa de empezar el instituto, tenía un par de años más que tú ahora. Tuve que cuidar de mi madre y no pude terminar los estudios. Me vi obligada a dejarlo. No fui a la universidad, y tampoco pude hacer mi vida. Ahora trabajo en uno de los peores sitios posibles, cobrando una miseria y sin posibilidades de futuro. Saldremos adelante y no tienes de qué preocuparte, pero tu madre no podrá llegar a nada. ¿Lo entiendes?

Asentí con la cabeza.

No, no puedes entenderlo, dijo. Eres pequeña todavía. Pero puedes estudiar los peces. Quizá podrías dedicarte a eso como profesión. Si haces todos tus deberes, puedes ser científica o lo que te propongas. Tendrás la oportunidad de elegir.

El abuelo dijo que podría ser ictióloga.

Mi madre me apretó el brazo, demasiado fuerte, y me lo sacudió.

Me haces daño, dije.

Él no tiene por qué meterse. Él no tiene derecho a verte ni a decirte nada.

¡Para! Me estás haciendo daño.

Mi madre me soltó. Se levantó rápidamente de la cama y salió, no sin antes dar un manotazo en la pared.

Era la primera vez que veía esa faceta violenta de mi madre. Me dio pánico, era como si alguien hubiera estado viviendo dentro de ella todo ese tiempo, un yo más tenebroso. Me sentí vulnerable.

Preparó el almuerzo como si quisiera romperlo todo. Dando un sartenazo sobre los fogones, picando verduras como si empuñara un hacha, cargándose la tabla de madera. No me atreví a ir a la cocina. Me quedé en la cama, dando un respingo cada vez que ella aporreaba un cacharro.

Lo peor de la infancia es no saber que las cosas malas pasan, que el tiempo pasa. Un momento así en la niñez queda flotando, insoportable, y se nos antoja eterno. La cólera de mi madre extendiéndose infinitamente, una rabia de la que no podríamos escapar. Yo siempre me había sentido segura con ella, cuando llegábamos a casa nos tirábamos sobre la cama, ella se me ponía encima y me aplastaba pero jugando, igual que dos lochas payaso una encima de la otra, asomadas a la entrada de su cueva. Que aquel sitio no fuera ya seguro me dejaba sin refugio.

Siempre tengo que hacer la comida o la cena o lo que sea, chilló mi madre. Desde que cumplí catorce. Catorce años. Ahí fue cuando asumí todas las responsabilidades. Cocinar, limpiar, hacer la compra, hacer de enfermera, intentar ganar el máximo de dinero. Una cabaña a pie de carretera. Allí nos dejó. Sin coche. Sin seguro médico. Sin trabajo. Sin dinero. En el hospital la admitían cuando estaba muy mal, pero el resto de las veces no. El resto de las veces era un regalito para mí, una pequeña dosis de si no te gusta te jodes, una pesadilla de sangre y mierda y meados y vómitos. Y ahora aparece él en plan abuelito. Pues qué bien.

Yo no podía imaginarme esa otra época, no podía retroceder para hacer real a mi abuela. Era solo una anécdota. La cólera de mi madre sin origen creíble para mí.

¿Qué tal si empezamos por el día en que se marchó?, oí gritar a mi madre. Contaremos a partir de ahí, todos los días que estuvo ausente, y después te dejaré verle. Para entonces tendrás unos treinta años y podréis iros los dos juntos a tomar un helado. O igual ya se habrá muerto, ojalá, y podrás ir a ver su tumba. Yo te diré dónde está, y todas las noches iré a cagarme encima.

Me tapé las orejas con la almohada y apreté fuerte.

Es probable que haya otra familia. Hermanastros míos, aquí en Seattle, o quizá en México, o en la luna. Podríamos hacer enchiladas lunares con queso de ese que tiene agujeros. ¿Qué cojones se ha creído?, ¿que vamos a ir los tres juntos de pícnic?

Me escondí todo el rato que pude, pero finalmente mi madre me llamó para comer o cenar o lo que fuera. Ella sentada a la mesa pero mirando al techo, cruzada de brazos.

Me pareció vieja. Oscuras lunas bajo los ojos, el pelo todo alborotado, arrugas sucias en la piel. La boca medio colgando.

La comida era una especie de tortilla francesa con trocitos de cosas. Calabacín, apio, manzana, fiambre. No era comida normal.

Venga, come, dijo. Una cena familiar.

Vi unas astillas blancas, cáscara de huevo.

¿Quieres ketchup?, preguntó con voz animada.

Yo asentí.

Mi madre fue a la nevera y volvió con el envase de ketchup. Lo sostuvo en alto a tres palmos por encima de mi tortilla y apretó. La mayor parte aterrizó en el plato, el resto en la mesa.

Ay, dijo. Bueno, ya vendrá el abuelo a limpiarlo. Siempre se puede contar con el bueno del abuelito.

Yo intentaba contener las lágrimas.

Oh, ¿se ha enfadado mi bomboncito?, dijo mi madre. Acercó su cara a la mía. Bienvenida a mi mundo. No hay motivo para que llores. Deja que te cuente una cosilla. La protagonista es tu mamá.

Me agarró de los dos brazos, fuerte, la sonrisa salvaje, parecía otra persona, una completa desconocida.

Tu madre ya es mayor, tiene unos dieciséis años, y su madre está en la recta final de esa larga agonía que no termina nunca. He aquí la historia del huevo de sangre.

No quiero oírla.

Pues la vas a oír.

Me haces daño.

Es verdad. Así prestarás un poco de atención. Muy bien, tu madre acaba de limpiar a su madre, le ha dado un buen baño, está toda limpita e incluso ha conseguido que sonría un poco. Es de noche, muy tarde, pero por fin tu madre va a poder descansar. Está que no se aguanta. Ya no va al instituto, pero cuidar de su madre es más agotador de lo que puedes pensar. Mete a su madre en la cama, sábanas limpias, cosa rara. Es un momento especial. Y entonces es cuando pasa lo del huevo de sangre. De repente aparece, asomando entre las piernas de su madre, sobre la sábana blanca, de un rojo oscuro y espeso, casi negro, y en un momento ha calado la sábana y mojado el colchón, el rojo más claro extendiéndose a los lados. Y tu madre no sabe de dónde ha salido ese huevo o si hay que volver a meterlo. Todo es muy confuso. No parece real, y sin embargo lo es.

No sigas, por favor, dije.

Pero ella no me soltaba.

Total, que tu madre coge el huevo de sangre con las manos para que no siga empapando la cama. Tiene miedo de que todo acabe tiñéndose de rojo. Puede imaginárselo. Esas cosas ocurren en su vida. La casa entera podría ser tragada por la sangre. No existen límites. Y su madre agonizando allí apaciblemente. Ni siquiera se ha enterado de lo del huevo. Pero ¿cómo puede ser? ¿Cómo le sale eso de dentro y ella no se entera?

Mi madre apartó la vista, recordando, el semblante suavizado. No me apretaba tan fuerte como antes.

Era tan grande que me ocupaba las dos manos, y tan grueso que podría haber sido un corazón. Yo no sabía qué hacer con aquello. No quería tenerlo allí, pero allí estaba todavía, y al final salí y lo deposité con cuidado al pie de un arbolito, en la tierra. Seguía sin saber qué era. Ahí es cuando necesitábamos a mi padre, ¿entiendes? Necesitaba a un adulto, pero no había ninguno a mano. Él se había largado.

Esa noche la pasé en vela pensando en mi madre, en aquella otra vida, fantasma de la mía propia. El terrible peso de una deuda imposible de saldar. ¿Qué debemos por lo que vino antes que nosotros, las generaciones previas? Yo, con doce años, no tenía respuesta, solo el agobio. Y pienso en ello todavía, esa sensación de que mi vida estaba bajo arresto hasta que mi madre y la madre de mi madre pudieran ser compensadas. Yo no sé si es justo, solo sé que es así.

No podemos penetrar en ese mundo fantasma para efectuar el pago, ese es el problema. No podemos acceder a él o creérnoslo siquiera. Mi abuela agonizando en su cama. ¿Y su vida antes de que empezara a morirse? ¿Quién fue entonces? Yo necesitaría conocer también esa época, a fin de saber qué es lo que hay que restituir.

Despierta en la cama, intenté imaginármela, pero solo pude ver la cara de mi madre. Hiciera lo que hiciese, mi abuela era siempre mi madre. Y, así, parecía que era mi propia madre quien había muerto ya y había cuidado de sí misma en su propia agonía, y vivía ahora de nuevo. ¿Era yo, entonces, otra cosa, o solo el futuro de esa misma mujer?

Los muertos, que intentan alcanzarnos, que nos necesitan, pero eso no es verdad. Somos nosotros los que tratamos de alcanzarlos, de encontrarnos a nosotros mismos.

A la mañana siguiente nos despertamos a oscuras, mi madre con un aspecto penoso. Sirvió cereales y una parte cayó en la encimera, pero no pareció darse cuenta. Desayunamos sentadas a la mesa sin más luz que la de encima del fregadero. Oscuridad y sombras, dentaduras en movimiento y todo lo demás quieto, tal como yo imaginaba el acuario una vez cerrado al público. Había visto apagarse la luz de uno de los tanques pequeños para peces de agua dulce, las plantas y los peces negros de golpe, el agua transparente como aire no visto y apenas un reflejo fugaz, escamas captadas por la luz, para luego moverse y desaparecer. Un mundo borrado.

Fuimos en el coche hacia las grandes luces, arrastradas hacia el norte, todas las formas iluminadas solo en sus bordes, perfiles plateados, automotores y cables en lo alto y puentes todavía por terminar. Regresando a un día normal pero ya sin ninguna conciencia de qué era eso. ¿Vería al viejo en el acuario al salir de clase?

Llegamos como sonámbulas a Gatzert, la acera vacía, nadie más a la vista, todo quieto.

Te recogeré aquí, dijo mi madre, no sé a qué hora. Puede que a las cinco o puede que más tarde. He de recuperar lo de ayer.

Yo quiero ir al acuario.

No. Quedamos aquí y de aquí no te mueves.

Se marchó y yo me quedé a solas bajo un cielo todavía negro y sin estrellas. El aire frío, humedad incluso sin lluvia. Pensé si podría ir hasta el acuario al terminar las clases, ver a mi abuelo, y regresar a tiempo sin que mi madre se enterara.

Llamé a la puerta de cristal y el conserje me dejó entrar. Un viejo que no hablaba inglés. Una especie de espectro. Mono azul y la cara como escondida. Después de abrir la puerta, se alejó prácticamente sin hacer ruido por un pasillo y se metió en un cuarto. ¿Qué clase de vida llevaba? Toda la noche despierto y solo en aquellos pasillos, durmiendo durante el día. ¿Qué le quedaba? A veces la vida adulta se me antojaba insoportablemente triste. El trabajo de mi madre, que no significaba nada ni llevaba a ninguna parte y le ocupaba casi todo el tiempo, mi abuelo solo y conducido por la policía, mi abuela agonizando. Quise que se acabara tanta tristeza y que todos volvieran a reunirse.

Me senté a esperar en el banco de costumbre, intenté repasar los deberes pero estaba tan cansada que me tumbé y me quedé dormida. Un sueño de los más pesados, pero me despertó el timbre que avisaba de que faltaban diez minutos para entrar en clase. Shalini sin llegar aún. Baba en mi mochila. Chavales por todas partes, risas y gritos que sin embargo no me habían despertado hasta ese momento. Fui a orinar a los aseos, andando como sonámbula, volví al pasillo y por fin apareció ella, sonriente, me echó los brazos al cuello, qué sensaciones tan agradables, su olor, el calor que desprendía su cuerpo mullido, y aquel retumbar en mi pecho. Podría haberme quedado así durante horas, pero un profesor nos empujó hacia el aula y luego tuvimos que sentarnos separadas.

El señor Gustafson nos estaba hablando muy en serio.

A ver, estamos en la segunda semana de diciembre. Tenemos solo lo que queda de esta semana, que pasará muy rápido, un par de días de la siguiente y ya está. Hay que dejarlo todo a punto, ¿lo habéis entendido? No tendremos tiempo, desgraciadamente, para hacer mates o inglés o lo que sea, con que dejad los libros en casa. Y ahora, poneos a trabajar.

Lakshmi Rudolph estaba todavía sin patas, pero le estábamos haciendo la tripa. Largas tiras curvadas, y estábamos una a cada lado, nuestras frentes juntas, metiendo los brazos por debajo del reno. Las manos de Shalini en las mías, sus dedos pringosos de pegamento y resbaladizos. Cerré los ojos y seguí recorriendo las curvas con mis manos. El sonido de su respiración.

¿Qué demonios es esto?, preguntó el señor Gustafson. Ni siquiera sé a qué se parece.

Pues no mire, dijo Shalini.

Vamos a tener que hablar con tus padres, Shalini. Empiezas a mostrar un problema de actitud.

Lo siento si no me entusiasma la Navidad. Seguro que mis padres querrán ponerle remedio a eso.

Cielo santo. Pero si solo tienes once o doce años…

Doce.

Yo no tendría que estar aguantando esta mierda. Cuando llegues a secundaria vas a ser una pesadilla.

Prefiero hacer mates a un reno de papel maché. Tiene usted razón. Eso es mala actitud.

Muy bien. Seguid con vuestro charco de gelatina y olvidaos del resto del mundo.

Gracias, Baba Gustafson. Shalini le dedicó una reverencia y sonrió cuando él se alejó. Los profes que tenía en la India eran más duros. América es demasiado fácil.

Tengo abuelo.

¿Qué?

El viejo del acuario es mi abuelo.

No.

Sí.

Shalini me dio un abrazo, las dos apretujadas al lado de Lakshmi Rudolph, ensuciándonos la camisa de pegamento.

Ahora tienes familia, dijo ella.

En el recreo fuimos a tumbarnos detrás de la malla de protección del campo de béisbol. Yo boca arriba, Shalini encima. Ella hurgando con su lengua en la mía, el cielo blanco allá en lo alto, como si Shalini fuera un gigante que hubiera descendido para inmovilizarme contra la tierra. Sus latidos, la respiración entrecortada de las dos. Sus labios, tan suaves.

No pude acercarla a mí lo suficiente, y el recreo era tan corto que se acabó enseguida. Tuvimos que volver corriendo.

El trineo había crecido, contrahecho e hinchado, una casita de juguete con patines. Cerca del trineo, un dreidel enorme con una punta hecha de perchas metálicas. No giraría jamás. En la pared del fondo, la larga piel de un dragón y su cabeza con púas y una gruesa lengua roja. Se le veía la mayor parte de la lona marrón, había que pintarlo todo. Dos renos más, con astas de alambre y unas patas nudosas, dos elfos con babuchas verdes y un Papá Noel. Nuestro Rudolph era el único ejemplar del Diwali. Ni elefantes ni diosas con muchos brazos. Centenares de dioses hindúes, todos ellos representados por Rudolph.

Esto es absurdo, dije.

Ven, dijo Shalini.

Me llevó detrás de Rudolph y me besó. Estábamos al fondo del aula. Si nos agachábamos y nos escondíamos detrás de la panza del reno, nadie podía vernos. El señor Gustafson estaba mirando su libro de automóviles clásicos. Era lo que hacía cuando se sentía superado.

Shalini me agarró la cabeza con ambas manos atrayéndome cada vez más hacia ella, pero yo me asusté y me separé de ella. Me puse de pie.

No te preocupes, dijo. Todo el mundo está muerto de miedo. Fíjate.

Tenía razón. El aula era un caos absoluto, había tanto alboroto que casi no pude oír lo que me decía.

Shalini arrugó la nariz y resopló. Luego levantó las cejas, agrandando los ojos.

Me reí. El señor Gustafson siempre tenía las cejas levantadas cuando miraba su libro, continuamente maravillado de los coches clásicos, y parecía que la nariz le temblara, como si estuviera olfateando algo muy sabroso.

Corriendo, al salir de clase. Había arrojado la mochila a un arbusto. El cielo enorme, grisáceo, pesado, el aire como leche. Miedo de que me pillara mi madre. El terreno sobre el que corría irregular, todo temblando según pisaba, rascacielos inclinados y zarandeados.

Coches pasando por mi lado, perdiéndose lentamente de vista, la calle insoportablemente larga, pisos y más pisos, casas, comercios. Una ciudad contiene todo aquello que necesitamos y un millón de cosas que no.

Tienes que estar en el acuario, iba pensando yo. Por favor, que estés.

Crucé la puerta principal ya sin resuello, sudorosa, y tuve que quitarme el chaquetón. El personal del acuario sin decir nada, solo mirándome. Después de nuestra escena, no querían ni acercarse a mí.

Bebí del surtidor de agua potable y esperé a que el pulso y la respiración se me calmaran. Miré hacia el fondo del oscuro pasillo, pero no le vi.

Eché a andar despacio arrastrando mi chaqueta. Era temprano, podía ser que no hubiera llegado todavía, o quizá estuviera mirando peces. Al llegar al final del pasillo, no supe si torcer a la derecha o a la izquierda, pero decidí no ir hacia donde había más luz, los tanques de mamíferos marinos. Opté por los pasillos más oscuros, donde estaban los peces nocturnos y los abisales. Y allí lo encontré. Un tanque de arena negra y tierra, sin piedras, imposible esconderse. Mi abuelo pegado al cristal, contemplando el pez escorpión avispa, uno de mis preferidos. Parecía una polilla, las alas de un verde amarillento y una cabeza que podría haber estado cubierta de pelusa blanca. Finas antenas blancas como patas de insecto. Y luego el cuerpo de pez, como si hubieran injertado una cosa en la otra, una transformación inexplicable, dos mundos que jamás deberían haberse tocado.

Qué bonito, dije.

Caitlin, dijo mi abuelo, y vino a abrazarme, me estrechó contra él. El resuello de su respiración, el bombear de sus latidos. Piel áspera de la mano ahuecada sobre mi cabeza. Le rodeé con los brazos.

Abuelo, dije.

Debajo de su camisa extrañas crestas y pliegues, olor a lavandería y a desodorante y a persona vieja. Olía hogareño, así de cercano.

Te quiero, Caitlin, dijo.

Y yo a ti, abuelo.

Nos quedamos abrazados mucho rato. Yo cerré los ojos. Me mecí un poquito, como si estuviéramos en una corriente cálida, nuestra propia laguna en algún punto de las islas Marshall o del archipiélago indonesio.

Lo siento mucho, Caitlin. Lo del lunes fue espantoso. No deberías haber visto aquello. Pero a partir de ahora todo irá mejor. Es probable que tu madre tarde mucho en perdonarme, pero las cosas mejorarán.

Me abracé a él con más fuerza todavía.

No sabes la impresión que tuve al ver a tu madre tan cerca. Está igual que siempre, solo que mayor.

Ella no quiere que te vea.

El viejo inspiró largamente y soltó un suspiro. Luego me soltó, volvió a enderezarse y miró el pez escorpión avispa.

No puedo culparla, dijo. Era mi niña y la abandoné. A su madre también. Si pudiera volver atrás, lo haría.

No supe qué decir. Era difícil no pensar en él como el viejo, y de repente pareció que estaba a una gran distancia. Observé al pez, que nadaba rasante en aquella luz tenue, explorando con sus antenas blancas en busca de alimento, algo que estuviera enterrado.

No pude soportarlo, dijo él. Algo dentro de mí me empujó a huir. Era incapaz de ver cómo mi mujer se iba yendo de aquella manera. Lo peor de todo fue la impotencia. No poder hacer nada para que se pusiera bien.

Yo no quería escuchar. Demasiadas cosas, primero mi madre y luego mi abuelo. Me concentré en el pez. Plegaba sus alas verde claro y las abría de nuevo ante cualquier amenaza, la sensación de que alguien le observaba desde el otro lado del cristal o algo más grande cerniéndose desde arriba. La tierra y la arena negras deberían haber sido parte de la plataforma continental, cientos y cientos de kilómetros extendiéndose desde Nueva York, y aquel pez nadando hasta el borde mismo, hasta el precipicio.

¿Sabías que los peces escorpión avispa se entierran en la arena durante el día, con los ojos fuera?, me preguntó.

Él siempre sabía cuándo me entraba el pánico. Siempre sabía cómo tranquilizarme.

Sí, dije. Pero nunca están a menos de quince metros de profundidad, normalmente a bastante más, o sea que poca luz puede haber. No entiendo por qué lo hacen.

Bien pensado. Supongo que en la vida cada cual aprende un determinado número de cosas. Lo que a nosotros puede parecernos igual, para el pez es la noche y el día. Y luego está el frío. Donde él vive siempre hace frío, pero el más mínimo cambio puede que lo experimente como algo enorme.

Igual que nosotros ahora.

Exacto, igual que nosotros. Eres lista, Caitlin.

Me pasó un brazo por los hombros y yo me recosté en él.

Creo que he vivido demasiados años aprendiendo muy poco, dijo.

De repente el pez escorpión avispa salió disparado, dio media vuelta y desplegó las alas. Yo casi esperaba que de un momento a otro se despojara de su mitad pez y se elevara en un agua convertida en aire.

¿Sabes qué profundidad tiene este tanque?, le pregunté.

No.

Doce metros.

Qué me dices.

Llega hasta arriba del todo para que el pez tenga la presión suficiente. Si se convierte en polilla, la pobre va a tener que nadar doce metros en vertical para ser libre.

Qué bueno. Sí, me la imagino transformada en polilla y subiendo hacia la luz. Y tienes razón, no es macho, sino hembra.

El tanque no tenía doce metros de alto, pero a mí me gustaba pensar que sí y me hizo feliz que él se lo creyera. Me imaginaba la parte no accesible del acuario como la fábrica de chocolate de Willy Wonka, un alegre y colorido país de tubos y burbujas y artefactos. Sabía que no era así, claro, pero yo deseaba que lo fuera.

Pasamos a otro tanque que era como una burbuja, oscuro y a mucha presión, con cangrejos reales. El brazo de mi abuelo sobre mis hombros. Piedras lisas, casi negras, y aquella armadura roja y con púas, por debajo blanca.

Es como si alguien lo hubiera montado pieza por pieza, dije. Se le ven todas las articulaciones.

Parece imposible que haya podido crecer, dijo mi abuelo. Empezar siendo pequeño con todas esas mismas placas, y que las placas hayan crecido y todavía le valgan.

Uno de los cangrejos estaba trepando pegado al cristal, las patas estiradas casi un metro. La cara inferior del cuerpo como dedos entrelazados, dedos que parecían a punto de abrirse para dejar que saliera de dentro otro animal.

Yo en los peces me veo reflejado, dijo mi abuelo, pero en los cangrejos no.

Yo igual. Esos ojillos como periscopios no tienen nada detrás. Y la boca. Eso no es boca ni nada. Son solo más patas.

Él se rió.

Qué suerte tengo de poder estar contigo, Caitlin. Ojalá este acuario no terminara nunca, kilómetros de pasillos con todos los peces imaginables y los cangrejos y demás extrañas criaturas marinas.

Me atrajo más aún hacia él, y fui tan feliz que me quedé sin habla. El cangrejo real de Alaska jamás conocería esta sensación.

Pues es verdad que es la boca, dijo. Si tuviera labios nos sentiríamos más próximos a él. Con ojos y labios, parece que ya nos reconocemos mutuamente. Creo que hasta ahora no me había dado cuenta de lo mucho que necesitamos que el mundo se parezca a nosotros.

El abuelo me llevó de vuelta al colegio en un Mercedes muy antiguo. Todo como los chorros del oro, como si fuera nuevo, como si estuviéramos retrocediendo en el tiempo.

Me gusta tu coche, dije. Mi madre tiene un Thunderbird.

Él sonrió.

Ya lo sé. Tuve que ponerme a buscaros a las dos. Sé dónde vivís y qué coche lleva Sheri y dónde trabaja. Pero no se lo digas, por favor. Se enfadaría mucho. Yo tenía que encontraros.

De acuerdo, dije, pero no supe qué pensar.

¿Desde cuándo nos vigilaba?

Soy mecánico, dijo. Bueno, lo era. Estoy jubilado, pero he trabajado toda la vida con motores diésel. Este coche lleva un diésel. ¿Notas que suena diferente?

Presté atención, pero no llegué a percibir ninguna diferencia.

Quizá sí, dije.

Pues escucha otra vez el Thunderbird. Notarás que suena más fino, un fenómeno acústico uniforme, cuando tu madre pisa el acelerador. Con el diésel parece que estás oyendo tachuelas, y si lleva turbo, entonces oyes eso mismo pero después de acelerar, cuando bajan las revoluciones. Casi como un avión. El mío no es turbo.

Entonces aceleró y yo agucé el oído. Sí, sonaba como tachuelas.

Parece que se vaya a romper, dije.

No, qué va, este motor dura mucho más. Puedo hacer un millón de kilómetros tranquilamente, y podría tenerlo toda una semana en marcha, sin apagarlo. Las veinticuatro horas. No hay motor de gasolina capaz de eso.

Caray.

Los motores tienen vida, como las personas. Si ocurre algo, siempre queda una señal. Cada motor tiene su historia. Yo estaré con este motor hasta el final.

¿Qué quieres decir con el final?

Lo siento, Caitlin. Me refiero a cuando yo ya no esté, pero te prometo que aún me queda cuerda para rato. Tú no te preocupes por nada. Me tendrás a tu lado.

Me entraron ganas de llorar, pero volví la cabeza hacia la ventanilla y me aguanté. Poco después llegábamos a Gatzert.

Perdona, Caitlin. No era mi intención preocuparte.

Se quitó el cinturón de seguridad y se inclinó sobre el asiento corrido para abrazarme. Yo me agarré a su brazo, que era fuerte y robusto debido a su profesión, como sabía ahora.

Y muchas gracias por venir a verme. Estaré en el acuario todos los días. Ya buscaremos alguna solución para lo de tu madre. Solo necesita tiempo.

Busqué la mochila detrás del arbusto y me senté en un banco metálico junto a la puerta principal. Ocaso, quizá, la luz seguía viniendo de ninguna parte pero había menos. Yo iba muy abrigada, pero como hacía frío decidí esperar dentro. Luz eterna en largos tubos. No creo que los apagaran. Encendidos una sola vez y así hasta que fallaran y los sustituyeran por otros. No tan eterna, tal vez.

Cuando llegó mi madre ya era de noche. Y venía agotada.

¿Qué tal, cariño?, murmuró.

Bien, dije. ¿Cómo te ha ido en el trabajo?

Lo mismo de siempre. Podría dejar de ir al trabajo, y allí todo seguiría exactamente igual. Yo no importo para nada. Hago horas y basta.

Era raro que mi madre hablara así. Solo cuando estaba muy cansada.

Hoy viene Steve. Está preparando la cena. Espero que no te importe.

Claro que no, dije. Steve me cae bien.

Sí. Es un buen tipo.

Hicimos el resto del trayecto en silencio, y me di cuenta de que sin quererlo me estaba escondiendo. Hacía solo un par de días, habría podido hablar con ella de cualquier cosa, pero ahora todo lo importante debía permanecer en secreto. No podía contarle que había visto al abuelo, no podía hablarle de su vida ni preguntar nada, no podía compartir lo que habíamos visto o hablado en el acuario. Y tampoco podía contarle lo de los besos con Shalini, el cambio radical que mi vida había experimentado. Y todo eso había sucedido en cuatro días.

Presté atención cada vez que mi madre aceleraba, el estampido homogéneo, diferente del motor diésel, pero no podía hacer comentarios sin delatarme. Suave balanceo de amortiguadores.

Cuando abrimos la puerta, noté enseguida el olor a aceite friéndose.

Buongiorno, dijo Steve.

Llevaba puesto un gorro blanco de chef y un delantal a cuadros rojos y nos miraba risueño.

Jolín, dijo mi madre.

Benvenuti, dijo él. Bienvenidos a Italia y a unas berenjenas al parmigiano, en honor a nuestra pequeña vegetariana.

Mi madre rió y le hizo un arrumaco. Luego le birló el gorro y se lo puso ella.

¿Es que eres italiano?, pregunté.

No, dijo él con entonación italiana. Pero en Italia entienden mucho de comida.

Agitó brevemente la mano juntando el pulgar y dos dedos más.

Entonces ¿qué eres?, le pregunté yo. ¿Dónde naciste?

Ah, los orígenes, dijo Steve. Pues ¿sabes una cosa?, los orígenes nunca explican nada. Cada ser humano es su propia obra. Yo soy de Nintendo. Esa fue mi madre, digamos. Yo mamé del mando, no de la teta. Y soy de AC/DC, un tardío pero buen grupo de padres, *Back in Black* y estremeciéndome toda la noche, un buen antecedente de Nirvana.

Pero ¿dónde naciste?

Qué pesadita. Ya, quieres saber cuál es mi patria chica, dijo Steve otra vez con acento italiano. Pues bien, es Albania, un poco más allá de Italia, cruzando el mar, pero no conozco el país. Dicen que hay hermosas montañas en el litoral, olivos para parar un tren, llamadas a la oración desde los minaretes, la mejor comida del mundo, aunque yo solo la probé un poquito en casa de mis abuelos. Mis padres me daban Oscar Mayer. ¿Lo ves? No somos de ninguna parte en concreto.

No sabía nada de esto, dijo mi madre. Le atizó en el hombro con el puño. ¿A mí no me cuentas nada y en cambio a mi hija sí?

Es dura de pelar, tu hija. Le tengo miedo.

Mi madre rió.

Sí, es verdad que es dura de pelar. A mí también me da miedo.

A todo esto Steve estaba dando la vuelta a las rodajas de berenjena, que chisporroteaban rebozadas y dorándose en el aceite. Tenía una cazuela con la pasta ya hirviendo y un bol grande de salsa de tomate. Me sentí tan feliz que pensé que iba a estallar.

¿Y dónde está Albania, exactamente?, preguntó mi madre.

Ah, pobrecita Albania, nadie sabe dónde está.

Perdona.

Recuerdas que Italia tiene forma de bota, ¿no?

Sí.

Pues a Albania se le podría dar un taconazo con esa bota. Por allí hay también un poco de Grecia, las islas Jónicas. Quiero ir algún día. Nosotros somos de un pequeño pueblo cerca de las ruinas romanas de Butrinto, que según parece son impresionantes. Enormes muros de piedra, un teatro griego antiquísimo, el mosaico mejor y más grande del mundo entero, una gran superficie hecha de teselas, pequeñas baldosas de colores, y columnas alrededor formando una circunferencia.

Tiene que ser muy bonito.

Sí, reconozco que a veces desearía haber crecido allí.

¿Por qué?, pregunté yo.

Steve estaba sacando la berenjena de la sartén y poniéndola en una cacerola de hierro con la salsa de tomate.

La historia, dijo. Estar en un sitio y saber que doce generaciones de tu familia han nacido allí, si no un centenar o incluso más. Saber que en aquel lugar hubo una gran ciudad hace dos mil años y que tus antepasados contribuyeron a levantarla y que vivieron y trabajaron en ella. Cuando caminas por una callecita y toda esa gente de antaño está caminando contigo…

Steve puso una última capa de salsa y luego cogió un taco de parmesano duro y un rallador. Mi madre lo abrazó por detrás.

Más vale que te disfrute ahora, le dijo. Parece que alguien se va a marchar a Albania.

Una pena que no sea así. Nunca regresamos.

Tendrías que hacerlo, dije. Aunque sea de visita.

Steve se rió.

De acuerdo. A la orden. Esta vez sí.

Ralló el queso sobre la capa superior y luego metió la cacerola en el horno.

Veinte minutos, dijo.

¿Por qué no te acuestas un rato?, me dijo mi madre. Pareces cansada.

Me fui a mi cuarto para dejarlos a solas. Me tumbé en la cama con las luces apagadas y busqué formas en el techo. Luz de visillo convertida en olas por los pliegues. Coches que pasaban como días cortos, subiendo y bajando. Estaba agotada y agobiada y no tenía pensamientos en la cabeza.

Me desperté confusa. Hambrienta. Me esforcé para levantarme y caminé por el pasillo y me los enconté sentados a la mesa, los platos de la cena amontonados en el fregadero.

No me has llamado, dije.

No, cariño, parecías tan cansada…

Pero me he perdido la cena.

Todavía queda algo, dijo Steve. Te la sirvo enseguida.

Se puso otra vez el gorro de cocinero, me indicó que tomara asiento diciendo Bella, prego, y me sirvió un plato de berenjena al parmesano con pasta y un poco de ensalada como guarnición.

Buon appetito, dijo.

Yo estaba aún medio dormida, desorientada y aturdida. Me llevé el tenedor a la boca. La comida estaba tibia, no caliente, pero rica.

Tengo un abuelo, dije.

¿Perdón?, dijo Steve.

No, Caitlin, intervino mi madre.

¿Ha dicho que tiene un abuelo?

Sí, dijo ella. Mi padre ha decidido reaparecer después de diecinueve años para hacer de abuelito.

Caramba.

Le conocí en el acuario.

No es que le conocieras, sino que él nos localizó. Ahora es viejo y está solo, probablemente se morirá pronto y necesita una enfermera, y como yo tengo tanta práctica en eso, habrá pensado: ¿Por qué no mi hija? O será que se ha dado cuenta de que lo que hizo fue una putada y ahora quiere que le perdonen.

Diecinueve años, dijo Steve. Es mucho tiempo.

Ya que Caitlin quiere meterte en esto, quizá deberías saber que me dejó a mí a cargo de su esposa, que estaba muriéndose. Nos abandonó a mi madre y a mí sin más. Yo tenía catorce años.

No pude comerme la berenjena. Me quedé con la mirada baja, toqueteando la comida con el tenedor. La corteza oscura de los lados semioculta por la miga de pan, pulpa blanda y amarilla con remolinos más oscuros, camuflaje, nadando en un espeso mar rojo. Plana sobre el lecho mismo, escondida.

¿Por qué querías que yo lo supiese?, me preguntó en voz baja Steve.

Para ver si puedes ayudar, dije.

Oh, qué bonito. Mi madre lanzó los brazos al aire. Gracias a los dos. Es estupendo. Porque, claro, yo he sido muy mala y mi padre es todo un ángel.

No, dijo Steve. Yo no intentaba decir nada.

Pues Caitlin sí. Caitlin me dijo que me odia. ¡Quiero al abuelito!

Mi madre dijo esto con voz de niña pequeña, medio lloriqueando, se burlaba de mí. Entones alargó la mano y me dio con los nudillos en la frente.

Toc, toc, dijo. Tú no tienes abuelo, joder.

Sheri, dijo Steve.

Lárgate. Fuera de aquí.

Steve bajó la vista, anonadado, y nos quedamos los tres en silencio, esperando. Se oía el reloj de pared y la respiración de mi madre. Noté allí donde me había dado con los nudillos. Entonces Steve se levantó, cogió su chaqueta y se fue. Sin decir adiós, y ni siquiera se volvió para mirarnos.

Mi madre descargó el puño sobre la mesa. Mi plato saltó.

¿Es esto lo que quieres?, dijo, la boca torcida. ¿Quieres quitármelo todo? ¿Quieres que trabaje y nada más? ¿Que no tenga vida propia?

No.

Pues entonces despierta de una puta vez. O me tienes a mí o le tienes a él. Una de dos.

Me metí en la cama con la cabeza tapada y me ovillé como un pez pulmonado esperando la lluvia. Hibernación, pero en este caso estivación, porque no es para el frío invierno sino para el tórrido verano. Cuando nada es soportable y en especial la intemperie, el aire demasiado caliente para respirarlo. Mi madre la mejor persona del mundo, la más generosa, la más fuerte, pero ahora estaba en su época seca y más parecía una tormenta que un ser humano, polvo empujado por el viento, vendaval llegado de algún punto insondable y vasto, y lo mejor era esconderse.

Los peces pulmonados son capaces de ralentizar hasta una sexagésima parte su metabolismo normal, pero eso ralentiza también el tiempo. Una noche son sesenta noches. El precio de esconderse. Basta con aguantar un minuto la respiración para comprobar en qué se convierte un minuto.

A la mañana siguiente, intenté seguir siendo invisible. Bajé la vista al tazón de cereales y ya no la levanté. Masticando y masticando. Desayunamos de nuevo con la lamparita de encima del fregadero, que creaba grandes y distorsionadas sombras nocturnas.

Él no tiene nada que perder, dijo mi madre. Todo esto no le cuesta ni un centavo. Yo pago, pero él no. La misma historia de siempre.

Supe que era mejor no abrir la boca. Cualquier cosa que dijera sería una agresión. Levanté apenas la cabeza para mirarla un momento. La cara de mi madre en sombras, oculta, a contraluz.

Y lo que tú no sabes es que las cosas se pueden perder enseguida. Yo puedo perder a Steve, con unas cuantas noches como la de ayer. Solo unas pocas, y todo lo que hemos compartido no importará nada. Todo eso se puede borrar. Lo único que tienes que hacer es seguir así un poco más y conseguirás apartarlo de mí. ¿Es eso lo que quieres? ¿Adiós Steve?

Yo no estoy intentando hacer nada.

No me vengas otra vez con esa mierda. Sabes muy bien lo que haces. No has escuchado nada de lo que te he dicho sobre el pasado. Te da igual lo que mi padre me hizo. Y no empieces a llorar, estoy hasta las narices de ese rollo autocompasivo. Tu vida es una balsa de aceite. En fin, tenemos que irnos ya o llegaremos tarde. ¿Y sabes por qué tenemos que irnos tan temprano?

Yo no la estaba mirando. Miraba mis cereales y procuraba no oír.

Pues porque a tu madre le ha tocado ser una esclava toda su vida, para bien de la pequeña princesa. Es lo que hacen los padres.

Uno solo, dije. Tú. Madre pero no padre.

Ah, perfecto. O sea que tienes ganas de discutir.

Traté de mejorar lo del pez pulmonado. Intenté hurgar en el fondo y convertirme en piedra. No en un hoyo de barro seco que saliera a la superficie con las primeras lluvias, sino todo el cuerpo convertido en roca.

¿No piensas decir nada más? ¿Solo esa pequeña joya y ya está?

Pensé que me iba a pegar, pero no lo hizo. Fue a coger sus cosas y abrió la puerta.

Venga, nos vamos.

Estuve tentada de quedarme. ¿Qué podía pasar si no me movía del sitio? Pero mi madre me daba miedo, así que me puse de pie, cogí la mochila y la chaqueta y salí.

Frío, nieve, pesados cucuruchos de copos amarillos en las farolas venidos de nadie sabía dónde, el cielo más arriba negro. Me agarré a la barandilla por si había hielo. Noté el aire en la nariz y la garganta.

Qué bien lo pasaré en el trabajo, dijo mi madre. Es un placer estar a la intemperie, disfrutar de la naturaleza, con todas esas vigas de acero y la nieve sucia y el aceite y el fluido hidráulico y la mugre y todo rociado de sal, y qué bien que esto sea solo el principio, que va a ser el pan de cada día durante otros cuatro meses. Menos nieve que lluvia, pero el frío igual. Qué placentero. Qué gran honor.

La puerta de mi lado no se abría, estaba helada, y tuve que dar varios tirones. Mi madre estaba rascando el hielo del parabrisas. No había nadie en la calle, tan temprano, coches y pisos sin luz. El suelo crujiendo bajo nuestros pies. Monté en el asiento de delante y al momento noté que el frío traspasaba la tela de mis vaqueros. Me puse las manos enguantadas debajo y me encorvé hacia delante para conservar el calor. Si nos quedábamos allí sentadas varias horas sin hacer nada, podíamos morir.

Mi madre puso el motor en marcha. Tardaba en arrancar. Dio gas, finos abanicos de potencia, no sonaba a tachuelas. Y luego recorrimos despacio nuestra calle para salir a East Marginal Way South en dirección norte, luces traseras de otros coches precediéndonos ahora y al fondo las luces de la ciudad.

Lo que más me gusta, dijo mi madre, es cuando estoy toda sudada y tenemos que esperar un rato allí de pie y el sudor se te hiela.

Lo siento, dije.

Vaya, algo es algo.

Pero yo no estoy haciendo nada malo.

Como disculpa, se queda un poco corta. Yo pensaba que aún tardaría un año o así, hasta que fueras una adolescente, pero supongo que es mejor empezar ya. ¿Para qué disfrutar de otro año de paz cuando podemos empezar a discutir ya?

Eres tú la que provoca la pelea.

Sí, dijo mi madre. Muy bien. Así se empieza. Lo mismo le hice yo a mi madre, hasta que vino lo peor. Entonces solo deseé cortarme la maldita lengua por todo lo que le había dicho.

Veamos, ¿qué puedo hacer para precipitar las cosas? Igual podría hablar de tu padre. ¿Te gustaría que te hablara de tu padre?

Sí.

Lo sabía. Bueno, pues lo reservaremos para cuando te portes bien.

Nunca me has contado nada.

Así es.

Mi madre encendió la calefacción, el motor ya se había calentado lo suficiente. Sentadas en nuestro propio desierto en miniatura, aire caliente en los pies y la cara mientras fuera caía la nieve. Como lluvia a la luz de los faros pero blanca y más lenta, suspendida en el aire y luego embestida y arrollada por el coche. Las luces de la ciudad amortiguadas y borrosas.

Tardamos mucho en llegar a East Yesler Way, entrando cuesta arriba en lo que ya no parecía una ciudad. Gatzert esperando al borde de la calle, iluminado y solitario.

¿A qué hora?, pregunté.

No lo sé seguro. Puede que cuatro y media, o puede que cinco y media.

Se marchó. Estaría todo el día a la intemperie, pasando frío, y el invierno siguiente otra vez igual, año tras año hasta que yo tuviera su edad y todavía estaría trabajando, otros veinte años y después diez más, el triple de lo que yo había vivido, una eternidad. Creo que fue ese día cuando lo comprendí por primera vez. No me lo podía creer, de tan horroroso. Mi madre atrapada, una esclava, tal como ella misma había dicho.

El viejo conserje me abrió la puerta y se metió en su refugio invisible. Yo me senté a esperar en el pasillo bajo la impersonal luz fluorescente. La vida de mi madre empezaba así, esperar y no hacer nada. El frío, seguir respirando, pero nada más.

No había tocado los deberes, pero ahora no podía sacar los libros. De todos modos, el señor Gustafson no iba a comprobar nada. Y entonces me acordé de que había dicho que no lleváramos los libros. Me quedé allí sentada y quieta durante hora y media hasta que todo fueron risas y gritos y carreras y por fin apareció Shalini, con la cara blanda por el sueño, me echó los brazos al cuello y me tuvo así un par de minutos y luego nos llamaron para entrar en clase.

El señor Gustafson se había rendido. El trabajo no estaría listo para el desfile de Navidad –habría partes del dragón y del trineo sin pintar, cabos de alambre asomando de las patas y la cornamenta de los renos, Lakshmi Rudolph sin patas apenas, un Papá Noel deforme, un dreidel que no giraría– y estaba cansado. Probablemente el fracaso se repetía año tras año, y el profesor no tenía un plan B.

Recuerdo sentir rabia contra el señor Gustafson, pero Shalini no se alteraba por nada. El caos no le molestaba en absoluto, y lo ridículo le parecía divertido.

Fíjate en la lengua, me dijo. La tiene medio fuera.

Era verdad. Enfrascado en su libro de automóviles, se le había abierto la boca y una lengua gorda asomaba por encima del labio inferior.

Puaj, dije yo.

Ven, dijo Shalini, y me arrodillé detrás de nuestro reno.

Me encanta tu pelo, dijo. Parece que flota, no pesa nada.

Me levantó los cabellos y empezó a besarme en el cuello, la piel se me puso toda tirante, carne de gallina, cosquilleo. No tenía frío, pero tiritaba. Luego me besó en la oreja y continuó por la mandíbula hasta llegar a los labios. Yo deseé comérmela, aspirarla y no dejarla salir, y que todo el mundo desapareciera o se largara cuanto antes.

Mi madre no me deja ver al abuelo.

Shalini continuó besándome.

No hables, dijo.

Igual no me deja nunca.

Shalini interrumpió los besos.

Ayer le viste, ¿verdad?, dijo, después de abrir los ojos. Te marchaste corriendo.

Sí.

¿Y hoy podrás verle otra vez?

Sí.

Bueno, entonces todo va bien.

Pero es que no quiero esconderme y tener secretos.

Caitlin, dijo ella, tú mira lo que estamos haciendo. Te guste o no, vas a tener secretos.

Corrí otra vez en busca de mi abuelo, corrí hasta que los pulmones me dolieron del frío y hasta notar que mis piernas se volvían frágiles, hechas de cristal. Aún nevaba, una capa de quince centímetros y tan etérea que mis pies se hundían como si la nieve fuera solo aire. La ciudad desvaneciéndose, todos los perfiles suavizados, el cielo lo mismo que la tierra. Solo quedaban farolas y ventanas, y el rastro oscuro que los coches dejaban en el asfalto.

Tuve que aflojar el paso para recuperar el resuello. El corazón a cien y la piel resbaladiza de sudor bajo la ropa. Yo no deseaba una vida de secretos, ocultarle cosas a mi madre. No me imaginaba viviendo así.

Era imposible saber dónde estaba el sol. La tenue luz una emanación que venía de todas partes a la vez, el mar desaparecido, la calle recortada en sus dos extremos y el cielo tan cercano que casi se podía tocar. El sonido de mi respiración.

Corrí otra vez, pero tardé una eternidad en llegar al acuario. Dentro hacía mucho calor y me quité el chaquetón.

Él estaba ante el tanque más grande, y en ese instante un banco de caballas vino hacia nosotros con las bocas abiertas, a la caza de plancton.

Mira, dijo mi abuelo. A través de la boca se puede ver el agua que hay detrás. Esas bocas no van a ninguna parte.

Yo nunca me había fijado. El alimento no les llegaría al estómago. Estarían siempre hambrientas, venga a comer y sin encontrar nada.

Algo falla, dije.

No lo entiendo, dijo él. ¿Con qué comunica la boca?

Lo que vi fueron distintas partes de un pez errando por los océanos cada cual por su lado. Una de aquellas bocas abiertas afanándose por la infinita masa de agua sin un cuerpo detrás, una cola a modo de bumerán lanzándose a sí misma por el vacío espacio azul, un ojo flotando suelto. ¿Y si todo estaba por terminar? ¿Y si todo se había creado incompleto?

Están vivas, dijo mi abuelo. Y nadan muy rápido, o sea que todo les debe de funcionar, pero no entiendo cómo. Y, por cierto, ¿qué es el plancton? Parece cosa inventada, de cuento de hadas. Imagínate una enorme ballena tragando nada con la boca abierta pero al final ahíta.

Yo creo que no están completas, dije. Yo creo que nada está completo.

¿A qué te refieres?

Me sentí abrumada.

No lo sé, dije.

Me parece que entiendo lo que has querido decir. Pensamos que el mundo es como es, que ya está hecho, pero en realidad todavía está en evolución. Dentro de un millón de años, las caballas tendrán una especie de globo abriéndose al estómago a juego con la cabeza.

No, no me refería a eso, dije.

¿Entonces?

A que todavía no estamos montados del todo. Faltan partes.

Así que la primera versión no está terminada, ¿eh? Tampoco es que vaya a haber otras versiones, pero resulta que la primera aún no está completa. ¿Va por ahí?

Sí.

Mmm. Lo entiendo, pero creo que no es verdad, Caitlin. Yo creo que estamos bien hechos. Que estamos terminados. Bueno, llevamos una vida que es un desastre, pero creo que tenemos todo lo que necesitamos.

Las caballas se habían alejado mucho, estaban al fondo del tanque, un grupo de sombras pálidas, efectos ópticos, apenas motas de polvo en el aire. El mar una gran ceguera, demasiado espeso, formas visibles solo en primer plano. Sin previo aviso.

Se aproximó un grupo de bacalaos, pegados a las piedras y algas del fondo, achatados y lentos, sin rumbo fijo, de un marrón amarillento, ojos opacos. Algo así como siluros de mar, esperando solo a ser comidos. Las placas redondas en la cabeza, blindaje, labios gruesos y tristes, un barbillón blanco para localizar alimento en la arena. Quizá sí estaban completos, pero ¿con qué fin?

¿Qué son?, preguntó mi abuelo.

Bacalaos.

Buena cena. No sabía que tuvieran esa pinta. Tan amarillos que el agua a su alrededor parece teñirse también de ese color. No me habría fijado en ellos si tú no llegas a mirarlos.

Levanté la vista hacia donde las caballas estaban dando la vuelta, cabezas plateadas con la boca bien abierta, y sí que el agua a su alrededor brillaba más, era más azul, como decía él.

Tienes razón. Los bacalaos hacen que el agua se vea turbia y amarilla.

Las caballas eran muy veloces, rizos de luz con franjas negras, desaparecieron en un instante.

A la mayoría de estos peces ni siquiera los vemos, dijo mi abuelo. Viene alguien al acuario y se pone a mirar los tiburones, o los cangrejos reales, se fijan en los vivos colores, pero la mayoría de los peces pasa desapercibida, todo lo gris o marrón, todo lo que es lento.

Es verdad, dije. Yo nunca he visto que nadie mirara tanto rato a los bacalaos.

Y los bacalaos estarán aquí para siempre. En cambio, las caballas parece que traten de huir. Como si estuvieran buscando la salida. Probablemente la encontrarán. Pero a los bacalaos no les importa. Están dispuestos a creer que el acuario es el mundo entero. Comerán ellos o nos los comeremos nosotros, es lo mismo.

Me dan pena, dije.

Y a mí. Se les ve tristes. Me parece que no puedo seguir mirándolos. Vayamos a ver otra cosa.

Ya sé adónde podemos ir, dije. Al primer piso. Este mismo tanque, pero arriba del todo, son aguas abiertas. ¿Tú has visto el mola mola?

No sabía que hubiera otro piso en el acuario.

Me puse tan contenta que me entraron ganas de brincar. Podía enseñarle algo nuevo a mi abuelo.

Venga, démonos prisa, dijo. Me muero de ganas de verlo.

Subimos por una pasarela oscura y estrecha provista de ojos de buey, como un submarino.

No mires, dije. Tienes que cerrar los ojos hasta que yo te diga.

Lo tomé de la mano y lo guié hacia el cuartito que daba a un azul oscuro e infinito. Sin formaciones rocosas, sin algas, sin bacalaos ni otros peces de aguas profundas, donde hasta las caballas, las albacoras y los tiburones apenas si se demoraban en sus rondas. Pero al mola mola le encantaba yacer plano en la superficie, expuesto al cielo, con un ojo mirando hacia lo alto. Luego se sumergía y nadaba a ras de agua por todo el perímetro del tanque con su extraño y serpenteante deambular. Mi abuelo aguantaba paciente con los ojos cerrados. Yo esperé hasta que el pez se situó delante de nosotros.

Ábrelos, dije.

Oh, exclamó. Madre mía. Es como mirar la luna.

Y entonces pude verlo yo también. Un cuarto creciente blanco, y la cara mirando hacia arriba.

Esa boca, dijo mi abuelo. Y el ojo blanco. No es el de verdad, que está en la parte oscura, pero esa cosita blanca que tiene justo delante forma otra cara. El ojo de verdad mira con miedo, mientras que con el otro está viendo a Dios, mira extasiado los cielos.

El mola mola giró para alejarse coleando, solo veíamos ya la cara oculta de la luna, negros cráteres y gargantas desvaneciéndose en el azul más oscuro a golpe de poderosas aletas que normalmente no nos es dado avistar, lo que propulsa a cada planeta y cada luna.

Caitlin, dijo mi abuelo. Esto ha sido poco menos que una revelación. Gracias.

Me atrajo hacia él y nos quedamos mirando la sombra que giraba en círculos, esperando a que su órbita se nos acercara otra vez.

Apretamos el paso bajo la nieve por Alaskan Way. Anochecía, una luz difusa, tráfico denso avanzando al paso, neumáticos con cadenas algunos, otros con tachuelas. Migración infinita.

Mi abuelo ligero de pies, quizá más joven de lo que aparentaba. Me abrió la puerta del copiloto, rodeó el coche y se sentó al volante. Giró parcialmente la llave hacia la derecha, no pasó nada.

Bujías de incandescencia, dijo. Calientan el motor veinte segundos.

Giró la llave el resto del recorrido y el motor arrancó. Sonido de tractor al ralentí. Esperé sentada mientras mi abuelo salía a limpiar la escarcha del parabrisas.

Ojalá pudiéramos quedarnos en el acuario, dije cuando volvió adentro, respirando por la boca.

Y que lo digas.

Me gustaría vivir allí. Podría tener la cama en el pasillo y mirar los peces antes de dormirme.

Yo querría estar en ese cuarto de arriba con el mola mola, dijo él, sin aliento. Me haría monje y oraríamos los dos juntos, mirando hacia el cielo.

Lo llaman pez luna, pero a mí me gusta más mola mola.

A mí también, dijo el abuelo. Mola mola suena a dios. A un dios benévolo.

Tomamos por Yesler a paso de tortuga, y yo no quería despedirme de él.

Ojalá pudieras venir a nuestra casa, dije.

Sería estupendo, pero hemos de darle tiempo a tu madre. Me porté muy mal abandonándola. No merezco que me perdone, pero aun así espero que llegue ese perdón, aunque solo sea porque deseo conocerte y también conocerla mejor a ella. Quiero formar parte de una familia. Solo tenemos una vida, así que debemos confiar en ser perdonados.

Cuando llegamos a Gatzert, nevando todavía, vi que había un coche junto al bordillo con las luces encendidas. El de mi madre.

Oh, no, dije.

Tranquila. Esto tenía que pasar antes o después.

Mi abuelo aparcó y ella bajó del Thunderbird vestida con el mono de faena, manchado de aceite. Otro mecánico, se me ocurrió de repente, igual que él. Mi madre con la cabeza descubierta, el pelo suelto y enredado.

Me da igual lo que diga, le susurré al abuelo.

Caitlin, ve con tu madre. No pasa nada.

Abrí la puerta de mi lado y me apeé con la mochila del cole.

Sube, Caitlin, dijo mi madre.

Parecía brillar a la luz de los faros y con la nieve cayendo, el pelo alborotado, una diosa del invierno. Y tan pronto como me moví, ella se plantó en dos zancadas junto al coche del abuelo y dio una patada a la puerta del conductor.

No, chillé yo, pero ella volvió a hacerlo, más fuerte esta vez.

Él, mientras tanto, permanecía sentado, mirándola.

Volví corriendo e intenté detenerla, intenté agarrarla de un brazo, pero ella me tiró al suelo de un empujón, manos y rodillas húmedas en la nieve sucia, y siguió dando puntapiés con la bota de puntera metálica, abollando el coche. Una forma azul oscuro encorvada y enloquecida.

Basta, mamá. Por favor, para.

Pero ella no estaba para escuchar, la rabia le podía. De repente se subió de un salto al capó y empezó a brincar, la chapa cediendo bajo su peso. Tremendas abolladuras. Después se encaramó al techo del vehículo y se puso a saltar con las rodillas bien altas para hundirlo. Una furia con botas caída del cielo, no menos primaria que eso. Aquello no era mi madre. Era algo totalmente desconocido para mí. Más cólera dentro de lo que yo jamás habría podido imaginar.

Mi abuelo con las manos apoyadas todavía en el volante, mirándome, y yo a gatas en la nieve. No pensaba moverse de donde estaba. Que ella rompiera todo lo que le diese la gana. Tenía una expresión muy triste, cuevas en lugar de ojos. El impermeable puesto, y debajo un blazer oscuro y una camisa. Siempre le veía bien vestido. Como para ir a la iglesia. Esperando pacientemente a que empezara la misa.

Ella se había puesto a chillar mientras seguía pisoteando el techo.

No quiero volver a verte, hijo de puta.

Saltó sobre el maletero y resbaló. Debía de haber hielo en la chapa. Aterrizó de espaldas sobre el parabrisas trasero, rodó y fue a caer en la nieve sucia de la acera.

¡Mamá!, grité.

Mi abuelo bajó rápidamente la ventanilla.

¿Sheri?, dijo. ¿Estás bien?

Pero ella se levantó, ilesa, un costado ahora empapado y más oscuro. Echó una pierna hacia atrás y descargó una patada contra una de las luces de freno. Ruido de astillas, plástico y cristal. Sorda explosión de la bombilla.

Qué detalle por tu parte preguntármelo, dijo. Unos diecinueve años demasiado tarde, quizá. Pero gracias por pensar en mí.

Dio un puntapié a la otra luz de freno.

¡Para!, grité.

Espero que el coche te guste, papá, dijo. Espero que le tengas cariño.

Sheri, lo siento.

Ahórrate eso.

Mi madre pasó junto a la ventanilla bajada, se plantó ante el coche y pateó uno de los faros delanteros, pero no consiguió romperlo.

Coño, dijo. Botas con puntera metálica. Deberían servir.

Lo intentó de nuevo, pero nada.

Al carajo.

Fue hacia su coche, y yo pensé que nos iríamos, que había terminado, pero lo que hizo fue tocar un mando, ir atrás para abrir el maletero, iluminado por los faros del coche del abuelo, y sacar la llave de ruedas.

Sheri, por favor, dijo él.

Bien, dijo mi madre. Veo que te importa.

Yo la observé y nada más, igual que hizo mi abuelo. Como un acuerdo tácito de que ella estaba en su derecho, o que era inevitable. Descargó el hierro contra un faro y este explotó. Mi madre lanzó un grito animal, sin palabras, un alarido, y luego hizo añicos el otro faro, continuó golpeando la carrocería por el lado del copiloto y reventó la ventanilla. Él levantó una mano para protegerse de los cristales que salían volando, pero solo eso. Se limitó a esperar mientras ella hundía la siguiente ventanilla, un fuerte estallido en el crepúsculo y ningún interés por parte de los vecinos, tampoco ningún vigilante de la escuela, los tres a solas bajo la nevada. Continuó hasta la ventana de atrás y la hizo añicos golpeando primero desde un lado y luego desde el otro.

Jadeaba y tuvo que tomarse un respiro, brazos y llave de ruedas en el techo del coche del abuelo.

Lo siento de veras, Sheri, dijo él. Si pudiera volver atrás, lo haría. Pero creo que ahora puedo ayudarte. Tengo un poquito de dinero, una casa. Puedo echaros una mano, a Caitlin y a ti. Si quieres os instaláis en casa, no tendrás que seguir pagando alquiler. Yo podría cuidar de Caitlin por las tardes, y así tú dispondrías de tiempo para hacer lo que quisieras.

Mi madre se apartó del coche y se quedó allí plantada con el hierro colgando de una mano. Creí que le iba a atizar, pero no. Sonreía.

Conque eso piensas, ¿eh? Que ahora seremos una familia feliz. Cambias la esposa moribunda por la nieta y bien está lo que bien acaba, ¿no? Precisamente ahora que viene la Navidad.

Descargó un rápido mandoble y él lo esquivó por los pelos. El hierro destrozó la parte de ventanilla todavía subida. ¿Y encima te crees que puedes utilizar a mi hija en mi contra?

Lo siento, dijo él.

Estaba llorando, unos sollozos horribles, de soledad.

Mamá, supliqué.

No. Tú en esto no te metas.

Arremetió contra el parabrisas delantero, cada golpe un grito, abriendo agujeros en el cristal, la superficie estrellada a la luz de las farolas, cediendo. No dejó de gritar hasta que hubo destruido el cristal y luego la emprendió con el salpicadero y el volante. Mi abuelo tumbado en el asiento corrido, yo no podía verle, solo oía su voz, parecía muy confuso.

Deja que te cuente lo que va a pasar, dijo mi madre, respirando con dificultad. Nos vas a dejar en paz o en serio que te hago daño. No vas a volver a ver a Caitlin nunca más. Te haré daño. Y por mí te puedes quedar en tu casa con tu dinero y morirte solito. Nadie estará allí para ayudarte, a nadie le importará. Te pudrirás en esa casa hasta que el hedor alerte a tus vecinos, y luego te meterán en un hoyo y allí no va a haber nadie, ni visitas ni nada. Eso es lo único que te mereces.

Golpeó el retrovisor lateral hasta arrancarlo de la carrocería. El espejo cayó al suelo.

Que tengas un buen viaje de vuelta.

Mi madre tiró por fin la llave de ruedas al maletero y cerró el portón con violencia.

Caitlin, dijo, sube ahora mismo.

Pasé junto al coche pero el abuelo no me vio, seguía tumbado en el asiento. Las luces del salpicadero convirtiendo en un acuario el interior de su coche, trocitos de vidrio de seguridad flotando en olas de guijarros brillantes, azul cielo, un océano vuelto frágil y quebrado, onda expansiva de sonido o de algo más, repentino y devastador. ¿Qué podía hacer él sino permanecer en el fondo y esconderse?

Mi madre conducía demasiado rápido para la nieve que caía y la ya acumulada. Temperatura en descenso, y podía ser que se hubiera formado hielo.

No es suficiente, dijo. Ni arrancarle los brazos de cuajo sería suficiente. Hundir la mano entre sus costillas y arrancarle el corazón, eso quizá sí. O aplastarle lentamente el cráneo con un torno para que supiera en qué consiste la presión. Todos esos años ha sido eso, presión y más presión. Tú nunca lo sabrás. No tendrás ni puta idea, y por eso pensarás que soy un monstruo y él un santo. Bueno, pues muy bien. Me importa un bledo lo que pienses. Te quedan seis años más de pensión completa, y luego ya puedes largarte y mandarme a tomar por el saco, decirme la mierda de madre que soy, lo mucho que me odias y todo lo demás. A mí me da igual.

Yo me incliné hacia la puerta de mi lado, miré las casas que pasaban volando, demasiado rápido en la cuesta abajo, la sensación de que los neumáticos no agarraban bien. Aferrada a la manija de la puerta y al cinturón de seguridad.

El problema es que tú no te puedes creer todo lo que pasó. Para ti es solo una anécdota, no algo real. Crees que el mundo empezó contigo. Y no. Empezó conmigo.

Mi abuelo estaría volviendo en coche, sin ventanas, nieve y frío. Solo el viento helado, y guijarros de vidrio de seguridad por todas partes. Con su americana de sport y su camisa, ahora entiendo que lo que le daba un aspecto tan indeciblemente triste era eso. Un mecánico viejo queriendo parecer un caballero. Tratando de aparentar dignidad, de poner en orden su vida, conduciendo un coche destrozado, tan vulnerable. Sin luces delante ni detrás, podía sufrir un accidente en cualquier momento. Yo estaba tan preocupada que apenas si podía pensar. Una forma oscura a la deriva, esperando la colisión.

Si conseguía llegar a su casa, dejaría el coche fuera a merced de la nieve, entraría solo. Nos había invitado a mudarnos a su casa.

No te permitiré que te quedes callada, dijo mi madre. Vas a tener que hablar conmigo.

Me miraba sin dejar de conducir. Por la autopista ahora, menos peligroso que bajar por aquella pendiente.

Responde.

Vale.

Dime lo que pasó. Dime lo que hizo cuando yo tenía catorce años.

Se marchó.

Exacto. Y qué más.

Se marchó cuando tu madre se estaba muriendo, y tú tuviste que cuidar de ella.

Exacto, pero vas demasiado deprisa. Eso continuó durante años. ¿Sabes lo que quiero decir? ¿Años, un día detrás de otro?

Duró años.

¿Y cómo era un día de tantos? Háblame de eso.

Cuánto la odié. Sentí deseos de abandonarla e irme a vivir con mi abuelo.

No tendría que levantarme tan temprano, dije.

¿Qué?

Si viviera con el abuelo, él podría llevarme al cole más tarde.

Mi madre me dio un bofetón, me pegó con la mano abierta mientras yo me cubría la cabeza, arrimada a la puerta.

¡Esto no me lo hagas, ¿te enteras?!, chilló.

Pegándome y tratando de no salirse del carril, haciendo eses.

¡Yo quiero tener una familia!, grité.

Mi madre transformada en pulpo, brazos por doquier, capaz de pegarme en la cara, el brazo y la pierna sin dejar de sujetar el volante, desplegándose en la oscuridad, una aterradora avalancha de la que era imposible escapar.

Ahora íbamos de un carril a otro, un concierto de cláxones. Yo con la cara pegada al cristal intentando esquivar golpes, y de repente el coche coleó hacia el quitamiedos, recuperó la dirección y fue a detenerse en el arcén.

Mi madre entonces cebándose en mí como un ave rapaz. Cogiéndome de las muñecas y acorralándome a manotazos. Una pierna encima de mí, llave inmovilizadora.

Cuéntamelo tú, dijo. Cuéntame cómo fue eso. Un día me despierto, todavía de noche, ¿y qué pasa?

Que tu madre está enferma.

Exacto. Ha estado vomitando toda la noche. Y yo no he pegado ojo, solo he dormido un par de horas.

Tienes que limpiarlo todo.

Exacto. ¿Qué es todo?

Pues todas esas cosas repugnantes.

Repugnantes, sí. ¿Y qué hace mi madre?

No sé.

Me zarandeó.

Piensa, Caitlin. ¿Qué crees que hace la gente cuando se está muriendo?

No lo sé.

Gemir. Venga a gemir y retorcerse de un lado al otro; gritar también, a veces. Llanto y autocompasión. Y vomitar y cagarse y mearse encima y sangrar. Dime tú cómo fue eso.

Fue demasiado. Tú querías que se acabara.

Exacto. Y un rato después el silencio duraba más de la cuenta y mi madre estaba como ida, zombi. La llamaba y era como si no me oyese. ¿Cómo crees que era eso?

Como ser un fantasma.

¿Lo ves? No se te da nada mal. Basta con que te importe un poco y te pongas a pensar. Así era mi vida real, no se trata de ninguna anécdota. Fueron días que yo viví, tan reales como los tuyos ahora. Ahora háblame de mis amistades. ¿A quién veía? ¿Quiénes eran mis amigos y mi familia en esos años?

No tenías.

¿Y quién se ocupó de que yo tuviera una infancia? ¿Quién se aseguró de que fuera al colegio y tuviera ropa decente y fuera a fiestas de cumpleaños y terminara los deberes?

Nadie.

Nadie. ¿Y quién es mi padre ahora?

Mi abuelo.

Pensé que me pegaría, pero no lo hizo. Me soltó los brazos y se sentó otra vez bien al volante. Luego se ajustó el cinturón de seguridad, se incorporó con cuidado al carril derecho y ya no volvió a hablarme. Sonido de los limpiaparabrisas, sonido de asfalto mojado, nieve sucia que los camiones apartaban a su paso, ensuciando nuestro parabrisas, la vista tapada y luego despejada otra vez. Nuestro desvío hacia la zona industrial, allí no vivía casi nadie, una angosta hilera de casas y pisos entre aparcamientos descubiertos y un campo de aviación.

Subimos al piso de arriba y al llegar a la puerta mi madre se detuvo.

Te voy a dar una última oportunidad, dijo. En los próximos uno o dos días, vas a vivir lo que yo viví entonces. Así tendrás oportunidad de comprobarlo.

¿Qué quieres decir?

Que eso es lo que vas a aprender.

Nada más entrar, mi madre se quitó toda la ropa en la cocina. Se quedó desnuda. Blanco frío con manchas rojas en la espalda. Una espalda fuerte, y se soltó la cola de caballo y se sentó en las frías baldosas del suelo.

Todo tuyo, dijo. Me preparas un baño y luego me arrastras hasta allí y me subes a la taza del váter y luego me metes en la bañera. Cuando termines, preparas la cena, pero no se te olvide venir a ver si me estoy ahogando, o muriendo por cualquier otra causa.

¿Qué?

Ya me has oído. Ponte a trabajar. Para ti va a ser una noche larga, y luego un día largo, y así sucesivamente. Y al final te dará lo mismo si es de día o de noche. Solo querrás dormir.

Mi madre se tumbó en el suelo.

Me estoy enfriando, dijo. Date prisa con la bañera. Y cuando me arrastres, procura no restregarme la piel. Ella siempre me decía que era como si la estuvieran desollando. Había que tener mucho cuidado con su piel.

Fui al cuarto de baño, puse el tapón del desagüe y abrí el grifo, agua caliente pero no quemando. Estaba convencida de que el juego no iba a durar mucho. La metería en la bañera, iría a preparar algo de cena y luego veríamos un rato la tele y podría ir a acostarme.

La agarré de las muñecas para arrastrarla, pero se había quedado rígida, un peso muerto, la cabeza colgando. No se movía del suelo.

Tiré otra vez con fuerza y ella gritó. Le solté las muñecas, que hicieron un ruido seco al chocar con las baldosas.

Ella también gritaba cuando yo lo hacía así, dijo mi madre. No puedes dar tirones ni que roce nada. El cáncer se extiende por todas partes. Puede que empiece en un único sitio, pero va viajando por dentro y surge dolor en otros puntos. Nunca sabes dónde le va a doler a continuación. A veces me daba miedo arrancarle un brazo tirando demasiado fuerte, la articulacion podrida. Le dolían todas las articulaciones, tenía morados por todas partes.

No puedo hacer esto.

Mi madre sonrió.

Exacto. Eso mismo dije yo, aunque no tan pronto. Te portas como una niña. No tienes derecho a decir que no puedes hasta que hayan pasado unos meses. Entonces sí, y lo dirás muy en serio.

Cogí una toalla del cuarto de baño y la extendí a su lado, en el suelo.

¿Cómo te pongo sobre la toalla?

No había instrucciones, dijo mi madre. A mí nadie me explicó cómo hacer las cosas.

Me arrodillé e intenté remeter la toalla por debajo, le levanté el omóplato con una mano. Pero en esa postura no podía hacer fuerza suficiente. Tuve que arrodillarme en el otro lado e inclinarme y moverla hacia mí, la cara muy cerca de su axila, fuerte olor a sudor tras un día de trabajo. La piel pegajosa, no suave como la de Shalini. Mi madre desnuda. La rodeé con los brazos y pasé la toalla por debajo, fui haciendo lo mismo hacia las caderas, aquel vello negro allá abajo, y la hice rodar hacia mí. Era mucho más robusta que yo, y más alta también.

Le crucé los brazos sobre el pecho, me arrodillé detrás de su cabeza y tiré de la toalla para arrastrarla por el suelo. Como si fuera un cadáver. Al llegar a la moqueta, nos paramos. Tiré y ya no podía moverla.

No puedo, dije.

Tendrás que poder. De lo contrario te vas a quedar sin madre. Me marcharé, en serio, como hizo mi padre, y no volverás a saber de mí.

No bien lo hubo dicho, se me humedecieron los ojos. Me odié por ser tan cría. Tiré con más fuerza y la arrastré por la moqueta del corto pasillo hasta el cuarto de baño, donde me fue otra vez fácil deslizarla.

La bañera estaba bastante llena y cerré el grifo. Con gran esfuerzo conseguí sentarla en el retrete, un poco de lado, y ella encima no ayudaba, peso muerto, pero al final se sostuvo allí y orinó mientras yo esperaba. El olor de su orina muy potente, sonido del rebosadero de la bañera tragando agua.

Límpiame, dijo.

Yo me envolví la mano en papel higiénico y palpé entre sus piernas para secarla. Algo que jamás habría imaginado tener que hacer.

Ahora la bañera.

La rodeé con mis brazos, junté las manos y tiré. La deposité con cuidado en el agua, los pies en el lado del grifo. Era tan alta que tuvo que doblar las rodillas.

Ahora báñame. Y no te olvides de la cena.

¿Qué hago primero?

Las dos cosas a la vez. Todo siempre al mismo tiempo.

Enseguida vuelvo, dije.

Fui a la cocina, puse agua a hervir en una olla, busqué un paquete de pasta. No había salsa para espaguetis en la nevera ni en el armario, pero como sabía que ella me diría que me espabilara, busqué una lata de puré de tomate, y vi que había unos champiñones.

Volví a toda prisa al cuarto de baño y cogí una pastilla de jabón.

Lávame el pelo también.

Le miré la melena y me fijé en lo alta que se veía dentro de la bañera. Volví a la cocina a por un cazo.

Échate hacia delante, le dije.

Cogí agua de la bañera con el cazo y le mojé la cabeza con cuidado.

Muy bien, dijo. Pero tengo demasiado calor. No puedo respirar, Sheri. Eso es lo que diría ella. No puedo respirar.

Abrí la fría y removí un poco el agua.

Aquí dentro no hay aire.

Miré a un lado y a otro. Nuestro cuarto de baño no tenía ventana ni ventilador. Era imposible renovar el aire.

¡Aire!, chilló de repente. ¡Necesito aire! ¡Me muero!

Salí corriendo y fui a abrir la puerta de delante y la ventana del salón, y el aire helado entró brumoso y a ras de suelo. Como vapor que rebosara por el alféizar, como si la temperatura se hubiera invertido. El aire que respirábamos líquido, algo que solo veíamos en muy raras ocasiones. Niebla salida de la nada, repentina, venida de ninguna parte, fuera ningún banco de niebla, ni mar ni montañas al fondo. Y no era verano. La niebla solía darse en verano.

¡Sheri!, gritó mi madre.

Corrí hacia el baño y nada más llegar ella me dio un bofetón.

Podría haber muerto. Ahogada. Mira que dejarme así, con la cabeza inclinada hacia el agua. ¿Es que quieres matarme? Y ahora tengo frío. Aquí dentro hace un frío de narices.

Abrí el agua caliente y fui corriendo a cerrar la puerta y la ventana del salón. Nubecillas en los márgenes, apenas visibles un momento. Se colaron dentro y desaparecieron. Yo les había cerrado las compuertas, atajado el paso. Mi madre chilló otra vez.

¡Me estoy quemando! Pero qué cría más idiota. Maldita sea, Sheri. Has dejado la caliente abierta.

Muerta de miedo, fui a cerrar el agua caliente y luego con la mano removí el agua de la bañera.

Me arden los pies.

Hasta su voz había cambiado, ya no era mi madre. Me costaba mucho creer que mi abuela hubiera sido así, tan cruel y desabrida.

Por favor, dije. Ya lo he entendido. Podemos dejarlo.

No, tú aún no entiendes nada. Todavía no te lo crees. Mañana no vas a ir a clase, ni yo a trabajar. ¿Qué pasa con la cena, Sheri?

No me llames Sheri.

Me agarró del pelo y me hundió la cara en el agua. Fue tan rápido que no tuve tiempo de tomar aire. Me entró pánico. No podía respirar, no podía sacar la cabeza. Ella tenía mucha fuerza. Forcejeé. Le di un puñetazo y sacudí todo el cuerpo, pero ella apretaba hacia abajo con todo el peso de los océanos. Y entonces me soltó.

Me vas a odiar, dijo. Sé que me vas a odiar. Pero mi madre hizo todas estas cosas y yo la quería. Y voy a hacer que lo entiendas. Sabrás qué supuso para mí todo aquello, es lo único que me importa.

¡Tu estúpida vida me importa un bledo!, grité.

Ahí está el problema. Eso tenemos que solucionarlo. Venga, prepara la cena.

Yo boqueaba y estaba chorreando, y solo sentí ganas de correr, de salir corriendo. Ella ni siquiera se parecía ya a mi madre, le daba igual que yo estuviera medio asfixiada. Me miraba con frialdad, como si tuviera delante a una desconocida.

Prepárame la cena, Sheri.

Y eso hice. Eché la pasta al agua, que ya estaba hirviendo. Fue como ver surgir la rabia, burbujas repentinas que se hinchaban y se resquebrajaban antes de reventar. Rabia en su forma perfecta. La pasta amarilla hundiéndose y calmando la situación. Estaba a punto de abrir el tomate con el abrelatas cuando mi madre volvió a gritar.

¡Sácame de la bañera, Sheri!

Estaba enfadada porque no la había limpiado bien.

Sabes que no puedo estar mucho rato en el agua. Me entran ganas de vomitar. Me quedo sin respiración. Pero sigo estando sucia.

Me arrodillé a su lado con la pastilla de jabón e intenté lavarla, pero bajo el agua el jabón no sirve. Rasca demasiado, no se desliza ni enjabona.

Me vas a arrancar la piel, dijo.

Le pasé el jabón por el vientre y los pechos y los muslos y con la otra mano continué la operación, el torso apoyado en el borde de la bañera. La limpié entre las piernas, intenté pasar la mano por donde terminaba su espalda, alargando el brazo bajo la superficie, una distorsión de forma y textura y magnitud, mi madre reducida a un cuerpo y ni siquiera eso, algo más gomoso que un cuerpo.

Para, dijo. Tienes que sacarme de la bañera.

Oí ruido de agua rebosando de la olla con pasta sobre el fogón, pero primero tenía que sacar aquel peso muerto de la bañera. Agua por el suelo, una inundación, y yo temiendo resbalar. Como no podía sostenerla en pie, la hice sentar en el suelo con la espalda apoyada en la bañera.

¡No!, gritó. Me estoy helando. El suelo, y el exterior de la bañera. ¿Es que quieres matarme de frío?

No sé dónde ponerte.

Deja de lloriquear. Llévame a la cama y me secas allí.

La arrastré por el pasillo.

Los talones me rozan con la moqueta. Cógeme en brazos.

No puedo.

Cógeme.

No pude responder. Seguí arrastrándola hasta dejarla medio subida a su cama.

No me mojes la cama, Sheri.

Corrí a por una toalla e intenté hacerlo rápido pero con suavidad, empezando por el pelo.

Tengo frío, y hambre. Tú fuiste un error, Sheri. Todo esto ha sido por tu culpa.

¿Qué?

Las cosas cambiaron después del parto. Empecé a oler diferente, la piel se me puso seca, el pelo igual. Ni siquiera podía comer lo que comía antes. Tuve alergias por primera vez. Me cambiaste las entrañas, fue como una invasión, y seguro que el cáncer empezó entonces. Es por tu culpa por lo que me estoy muriendo.

Eres injusta.

Eso es lo que dije yo.

Tu madre no pudo decirte esas cosas.

Pues las dijo, y al cabo de un tiempo me las creí, porque tenía catorce años y estaba sola y ella no paraba de repetirlo y yo estaba viendo que se moría. Acabé por creer que era yo la causante del cáncer, que fui yo quien la infectó.

Pero eso no puede ser, ¿verdad?

Con los padres todo es posible. Los padres son dioses. Nos crean y nos destruyen. Modifican el mundo a su antojo, a su imagen y semejanza, y ese es el mundo que nosotros conocemos después. El único. No nos es posible ver cómo podría haber sido de otro modo.

Lo siento.

Todavía no has terminado. No te hagas ilusiones. No has hecho más que empezar. ¿Qué hay de mi cena?

Me había olvidado de la pasta. Corrí a la cocina. Se había evaporado buena parte del agua, los espaguetis estaban pegados y no cubiertos del todo, pero los escurrí en el fregadero.

¡Sheri!, chilló. ¡Me estoy helando!

Otra vez corriendo a la habitación, y ella enfadadísima, gritándome.

¡Me has dejado empapada! ¡Con este frío! Eres una zorra y una inútil. Ojalá te hubiera matado.

Yo la secaba con la toalla, lo más rápido y lo más suave que podía, pero tenía los ojos llenos de lágrimas y pestañeaba y no veía con claridad. Dudé de que mi abuela hubiera sido tan cruel.

Acuéstame.

Terminé de secarla, retiré la colcha y la sábana del otro lado de la cama y la hice rodar con cuidado hasta su sitio, y fue entonces cuando oímos los golpes de los vecinos, que protestaban por los gritos de mi madre.

Ella se levantó al momento, enferma convertida en sana, como si existieran los milagros, y empezó a aporrear la pared.

¡Que os den por culo!, chilló.

Ellos gritaban, ella también, golpes desde ambos lados de la pared, mi madre allí de pie desnuda y con el cabello mojado, los brazos en alto y gritándole a una pared blanca, y luego volvió a la cama y se acostó y tiró de la colcha para taparse.

Bueno, mira, dijo. O te esmeras un poco o la noche va a ser larga también para los de al lado.

Voy a terminar de preparar la cena.

Eso.

Vertí la lata de tomate directamente sobre los espaguetis escurridos y puse la olla al fuego otra vez. Removí para ver si podía deshacer los pegotes de pasta. Añadí un poco de pimienta, serví dos platos y regresé corriendo a la habitación.

Sheri, dijo mi madre al entrar yo. Qué buena es mi niña. Un verdadero ángel, ¿lo sabías?

No supe qué contestar. Le di un plato y un tenedor.

No tengo apetito, dijo. No soy capaz de comer. Ven, túmbate aquí a mi lado.

Dejé los dos platos en el suelo, me tumbé al lado de mi madre y ella me pasó un brazo por los hombros y con la otra mano me acarició el pelo. Yo estaba muy tensa. Me rechinaban los dientes. Esperaba que de un momento a otro mi madre me retorciera el cuello o me tirara del pelo.

Sheri, eres un ángel. Te hice yo. Y te hice perfecta. Este cuerpo mío murió para crearte.

Jugueteó con mis cabellos y se puso a tararear flojito, una melodía sencilla que no reconocí.

Tienes que recordarme, dijo. Cuando yo falte, tú serás la única que mantenga vivo mi recuerdo. Tienes que entenderme. A veces digo cosas porque estos dolores son insoportables, pero no soy yo. Yo no soy así, ¿lo entiendes?

Sí.

Me alegro, Sheri. Me alegro. No necesito que me perdonen porque no he hecho nada malo. Cuando haces algo porque sufres dolor, no se puede considerar un crimen.

Me dio un beso en la coronilla y se quedó así, con la boca pegada a mis cabellos.

El dolor solo te ofrece una oportunidad, Sheri. Tienes que salir corriendo, intentar escapar. No hay otra alternativa, porque es más horrible que cualquier otra cosa. La gente se queja de dolores emocionales o psicológicos, del dolor de la pérdida, pero eso no es nada comparado con el puro dolor físico. Uno se retuerce hasta el desgarro. Uno grita y destruye y pelea con todo y con todos si eso supone aunque sea un momento fugaz de no ser totalmente consciente del dolor. Tienes que comprenderlo, o pensarás que soy un monstruo.

Pero tú no sufres ese dolor, dije. Tu madre sí.

Vaya, no puedes ser un poco generosa, ¿verdad? No quieres hacer el esfuerzo de imaginarte otra vida, ni siquiera la de tu madre. No puedes ser Sheri por una noche e intentar comprender lo que significó para mí que me dejaran a solas con una madre moribunda. ¿Crees que porque ella dijera que no era culpa suya fui menos víctima de su crueldad? Seguía gritando, pegándome, haciendo cosas espantosas. Me arrebató la infancia y mi futuro, las dos cosas. ¿Crees que se puede pagar un precio más alto? Mi infancia y mi vida adulta.

Yo no te he hecho pagar nada.

Los brazos de mi madre rodeándome la cabeza, y ahí sí que pensé que me iba a retorcer el pescuezo.

Cierto, dijo. Es verdad. ¿Y qué te he dicho yo siempre, eh? Que no permitas que te culpe de mis problemas. Nunca te hablé de mi pasado. He hecho todo lo posible por protegerte, para que no tuvieras que pasar por lo que yo pasé. ¿Y cómo me lo has agradecido?

Si yo no he hecho nada…

Claro que sí. No descansarás hasta que vayamos dando saltitos los tres cogidos de la mano.

Podríamos vivir en su casa. Él me acompañaría al colegio. No tendrías que trabajar tanto.

Será que tu cerebro no ha madurado lo suficiente. Él cometió un crimen y tiene que apechugar con las consecuencias. No puede esperar que se lo pongan todo fácil como si nunca hubiera hecho nada malo. Diecinueve años. No le he visto el pelo en diecinueve años.

Entonces ¿para qué echar de menos esos años?

Mi madre se apartó de mí.

Eres lista, Caitlin. No es fácil discutir contigo. Pero yo ya no le considero mi padre. Perdió ese derecho, renunció a él. Y no permitiré que haga de abuelo, porque lo que quiero es ver cómo arde. Le prenderé fuego con una cerilla y miraré cómo se desgañita gritando. Quiero que sufra dolores insoportables. Quiero que sufra más de lo que nadie haya sufrido nunca. Todo dolor será poco para él.

Me desperté en la oscuridad, alguien me sacudía el brazo.
Llévame al baño, Sheri.
¿Qué?
Al principio no me acordé, estaba desorientada.
Llévame ya o habrá que cambiar las sábanas. De hecho, ya deberías notarlo.
¿El qué?
Entonces sentí el olor a meados, ácido y fuerte.
Ups, dijo ella.
Retiré la colcha y la sábana de arriba.
Pero ¿qué haces?
Cambia las sábanas, Sheri. Y límpiame. ¿Cómo has podido ser tan descuidada?
Si has sido tú. Tú has mojado la cama.
Mira que dejar que tu madre se muera meándose en la cama. ¿Tanto me odias?
Me levanté y encendí la luz. Mi madre desnuda en la cama, una mancha amarillenta en la sábana, cada vez más grande.
Tengo frío, Sheri.
Encogida como si estuviera débil.
Tú no estás enferma y no eres tu madre. Yo no soy Sheri.
Tengo frío, Sheri. Y si no me cuidas, me marcharé. Puede que no te lo creas, pero es verdad. Me marcharé. Es necesario que entiendas a tu madre y te preocupes por su bienestar, o no mereces tener madre.
Su aspecto era el mismo de mi madre de antes. Nada había cambiado, salvo que ahora nada tenía sentido. Yaciendo en su propia orina.
¡Tengo frío, Sheri!, gritó.

Miré el despertador de la mesilla, eran algo más de las tres.

Voy a por una toalla, dije, y corrí al cuarto de baño, cogí una toalla pequeña, la empapé de agua caliente y la escurrí.

Le cogí las piernas con cuidado por las rodillas y la aparté hacia un lado, lejos de la mancha. Luego la limpié con la toalla húmeda, por todos los rincones, bajando por la espalda y por los muslos.

¡Tengo frío!

La cubrí con la sábana encimera, con cuidado de que la tela no tocase la orina, y luego la tapé con la colcha. Ahora tenía que quitarle la sábana de debajo.

Empecé por la cabecera de la cama, retiré las esquinas y levanté a mi madre con cuidado.

Me haces daño, dijo.

Lo hago lo mejor que puedo.

Aquí tú eres lo de menos.

Seguí tirando de la sábana mojada y levantando su cuerpo por partes, como si yo fuera una sacerdotisa y ella una diosa hecha de carne. Ni plegarias ni sacrificios, tan solo velar por aquel cuerpo, y todo debía hacerse en silencio. Nuestros movimientos pensados únicamente para no provocar la ira.

Tenías que hacerlo todo a la perfección, dije. Y ella seguía enfadada.

Sí. Exacto. Vas aprendiendo.

Tenías miedo todo el rato.

Sí. Pero no de que me gritara o me pegara ni nada de eso.

¿De qué tenía miedo?

De que ella se muriera.

¿Y de qué más?

De que fuera por tu culpa.

Así es.

Mi madre se incorporó entonces y me abrazó.

Muy bien, Caitlin. Eres buena. Creo que empiezas a entender un poco lo que significó aquello.

Pero él sigue siendo mi abuelo y tengo derecho a verle.

Mi madre me soltó y volvió a tumbarse.

Limpia esa mancha. Usa un poco de lejía y agua. Luego lo secas con un secador de pelo. Y déjame dormir, Sheri. ¿Por qué no me dejas dormir? Estoy cansada.

He hecho lo que querías. He comprendido lo que sufriste.

Mi madre sonrió.

Sí. Tú lo comprendes todo. Hablemos otra vez mañana por la noche, dentro de veinticuatro horas, cuando hayas trabajado y sin dormir apenas. Todavía no estás domada. Yo te domaré, y así veremos de qué pasta estás hecha.

Acabé de retirar la sábana, hice una pelota con ella y la llevé a la lavadora. No puse la máquina en marcha por los vecinos. Después busqué la botella de lejía y puse un poquito en un cubo con agua caliente y cogí una esponja.

El colchón tenía otras manchas, antiguas. Y como parecía que podía absorber mucha agua, no escatimé. Pensé en mi abuelo, si estaría despierto también. ¿Dónde tenía la casa y cómo sería? Me sentí casi como Cenicienta soñando con su príncipe. La diferencia era que en vez de un príncipe era un viejo, que su casa sería pequeña, no un castillo, y que esta era mi madre de verdad, no mi madrastra, y que el carruaje ya lo había destruido. Pero la idea sí era la misma, cambiar de vida, a una nueva y mejor.

Soy la Cenicienta, dije. Tú fuiste Cenicienta.

Yo no.

Tuviste que trabajar. Lo tuyo no era vida. Tuviste que cuidar de otra persona.

Eso es verdad, pero no había un príncipe esperando, nadie que se me llevara de allí. No me dirás que esto es un castillo, ¿verdad?

¿Y vivir en una casa y no tener que trabajar? ¿Qué te parecería si le convenzo para que tú no tengas que trabajar nunca más? Él es mecánico. Podría trabajar de eso otra vez. Yo sé que lo haría. Y así tú podrías estar más tiempo con tu príncipe Steve.

Es un cuento de hadas, Caitlin. O sea, no es real. Una cosa es la vida real y otra la de fantasía.

Y a Cenicienta le toca la de fantasía. Que se convierte en su vida real.

Sí, tienes razón. Pero no es nuestro caso. Nosotras no tenemos la suerte de cruzar esa frontera. Tomes el camino que tomes, es el único que hay hasta la tumba.

Dejé el cubo en el suelo. No sabía cómo convencerla. Acerqué la nariz al colchón, y la mancha ya solo olía a lejía. Me fue imposible saber si quedaban orines o no.

Para no molestar a los vecinos, puse el secador a baja potencia. Viento suave y caliente secando la mancha de orina, una cosa muy rara en plena noche. Se me cerraban los ojos de agotamiento.

¿Y si pudieras volver a estudiar?, le pregunté. Si nadie puede regalarte una vida nueva, ¿por qué no aprovechas y te la montas tú? El abuelo trabajaría, viviríamos en su casa, y tú irías a estudiar.

No es lo mismo. Sería quince años demasiado tarde, ya soy vieja para eso. ¿Y el castigo que él se merece? No es suficiente con que tenga que trabajar otra vez. Tiene que morir solo, abandonado. Te olvidas de esa parte.

Eres mala de verdad.

Sí, señora. Soy mala. Y pretendo serlo mil veces más. No puedo decir cosas lo bastante malas. Para eso tendría que sacarme yo misma las tripas por la boca. Y puede que ni así. Tú aún eres buena, eres generosa, y no quiero que pierdas eso. Yo lo perdí hace casi veinte años.

Toqué la mancha. El colchón estaba muy caliente y apenas húmedo. Lo di por bueno. Saqué del armario una sábana bajera nueva e hice primero mi lado, tiré de la sábana hasta el otro extremo, empujé suavemente a mi madre sobre la cama y ajusté la sábana por su lado.

Así está mejor, dije, pero ella guardó silencio.

Entonces me fijé en los platos de la cena, vacíos en el suelo. Mi madre se había comido la cena de las dos mientras yo dormía. Estaba muerta de hambre, así que fui a la cocina y me preparé un tazón de cereales. Según el reloj de la cocina, eran casi las cuatro de la mañana. Bueno, al menos no iríamos al cole ni al trabajo, podría quedarme durmiendo. El único sonido el del frigorífico, la única luz la del pasillo. Me senté en la penumbra de aquel mundo silencioso, a la espera.

Cuando volví a la cama, ella habló.

Necesito medicinas. Tendrás que salir a comprarlas ahora.

Farolas encorvadas, tenues conos de luz y espacios oscuros entre una y otra. Apreté el paso por la acera, el mentón remetido y las manos hundidas en los bolsillos. El frío enseguida un dolor sordo en las piernas. Casi me notaba los huesos.

Pensé que estaría todo en calma, que no habría nadie más despierto, pero pasó una furgoneta blanca, y después otra, y un coche en sentido contrario. Camino de Boeing Field, pensé, allí debían de madrugar.

No sabía dónde encontrar una tienda abierta. Iba buscando un 7-Eleven o una estación de servicio. Mi madre quería un analgésico y algo que le quitara las ganas de vomitar. Me dijo que ella hacía estas salidas nocturnas cada dos por tres.

Corson Avenue South se había convertido en parte de un campo blanco indistinguible de las aceras, los patios delanteros y los aparcamientos salvo por la doble hilera de luces y por las delgadas huellas negras que los escasos coches dejaban a su paso. A la altura de South Harney Street crucé para ir a Airport Way South, pensando que allí habría comercios o alguna estación de servicio, pero solo encontré almacenes sin ventanas, complejos de oficinas, varios bares cerrados. Una panadería, pero incluso eso estaba cerrado aún. La interestatal 5 un corredor de luz, camiones llegando temprano a la ciudad, venidos de cualquier parte.

No sé por qué, pero no tuve miedo. Quizá fue por la nieve. Llegué otra vez a Corson, en la parte alta de Airport Way, a la altura de un paso elevado que parecía una pista de aterrizaje. Camiones viejos, herrumbrosos y abollados, coches destrozados al otro lado de la calle, siempre podía hacer falta alguna pieza de recambio. La calle, bajo el paso elevado, oscura como una cueva, pero me metí dentro y no encontré a nadie. Más allá un parque, protegido por una cerca de alambre. Seguí por Corson en dirección a casa. Entonces vi que alguien venía hacia mí, otra persona encorvada y arrebujada, apresurándose al verme, y yo me detuve, confusa, sin saber si debía echar a correr, pero mi madre gritó:

¡Caitlin!

Me quedé donde estaba. No corrí hacia ella. De hecho, miré a mi espalda, hacia la cueva bajo el paso elevado, el instinto de huir. El ímpetu de ella, su peso, nieve saliendo disparada conforme sus botas araban el suelo. Una silueta salida de un cuento, dispuesta a rescatar o a destruir. Como si viviéramos en el bosque, sin asfalto bajo el manto blanco, el paso elevado la curva de una montaña, recubierta de peñascos. Cada almacén una oscura arboleda con campos en medio, pequeños claros. Y yo no era lo bastante veloz. No podía moverme. En los cuentos, nunca puedes escapar.

Me alcanzó y me rodeó con sus brazos.

Caitlin, dijo. Mi pequeña. Perdóname. Besándome la frente y acunándome. No debes estar aquí.

Hay lobos, podría haber añadido. Pero lobos no había.

Yo solía ir andando por la autovía, dijo. De día o de noche, sola. Ni siquiera puedo pensar en ello. Hace que me vuelva loca. No vengas por aquí nunca más, ¿entendido?

Sí, dije.

Hay hombres por aquí. Siempre hombres. Te violarían. Nos violarían a las dos, si nos encontraran ahora. Tenemos que volver.

Me agarró de la mano y corrimos juntas por la nieve, como si una jauría de hombres nos pisara los talones. Subimos las escaleras a toda prisa y mi madre sacó las llaves y abrió la puerta y por fin estuvimos a salvo, dentro.

Todo lo malo de este mundo es por los hombres, dijo mi madre. Es algo que debes saber. La violencia, el miedo, la esclavitud. Todo lo que nos aplasta.

Nos sentamos en el suelo de la cocina, la espalda contra la puerta a modo de barricada. Las luces apagadas, para que nadie nos viera.

Lo siento, dijo. He ido demasiado lejos. No le cuentes a nadie que te envié a comprar bajo la nieve. De noche, y en un sitio como este. Y no le cuentes a nadie que te hundí la cabeza en el agua. Eso no se lo digas a nadie.

No lo haré, dije yo.

Y pensé: ¿A quién se lo voy a contar? Solo a mi abuelo o a Shalini, y a él no se lo contaría porque quería que se llevara bien con mi madre. Así pues, solo quedaba Shalini, ¿y cuándo volvería a verla? De repente la eché de menos con un dolor profundo y hueco en el pecho. Deseé tenerla encima de mí, besarla y sentir su piel en la mía. Y deseé poder decírselo a mi madre.

Echo de menos a Shalini.

Pues hoy no vas a ir al cole.

Pero hoy es viernes. Eso significa que no la veré hasta el lunes.

No me lloriquees. Tienes que acostarme y procurar dormir un poco. Te queda mucho trabajo por delante.

Shalini es la mejor amiga que he tenido. Es diferente de todas las demás.

Me importa un bledo Shalini. Dentro de un año te habrás olvidado de ella por completo. O quizá dentro de una semana. Concéntrate. Tú ahora eres Sheri. Vas a aprender lo que es el agotamiento y la desesperación.

De Shalini nunca me olvidaré.

Vale, sí. Tienes doce años. Ahora todo te parece importantísimo. Cosa de vida o muerte, el mundo entero conteniendo la respiración. Venga, llévame a rastras a la cama.

Me puso furiosa, pero mi madre tenía el poder de hacer que yo no viera nunca más a Shalini ni a mi abuelo. Su poder era ilimitado. Ella podía decidir que nos mudáramos a otra parte del país. O desaparecer para siempre. No me quedó más remedio que agacharme y tirar de ella hacia el dormitorio.

No tengo que volver al trabajo hasta el lunes, dijo. Queda todo el día de hoy y otras tres noches. Es lo máximo que puede durar. Más vale que aprendas rápido.

Ni Shalini, ni colegio, ni acuario, ni abuelo. Me lo quitaba todo. Noté la espalda tensa, rígida por el esfuerzo de arrastrarla. Y cuando llegamos a la cama, tuve que levantarla en vilo y caímos las dos sobre el colchón.

Duerme, dijo ella. Duerme mientras puedas. Olvida dónde estás y olvida la montaña de los días. Todos ellos enormes, perdida en un bosque sin fin, pero entonces la linde volverá a aplanarse y estarás caminando por lo que antes fue cielo y ahora es solo lecho de otro bosque, una capa más, y puedes sentir el peso de todas esas capas, cientos de ellas. Imagínate una hormiga que trepara por sucesivos túneles y la montaña no acabara nunca. Piensa en eso. Más de mil días, y cada uno interminable.

Mi madre boca abajo, bostezando ahora contra la almohada, durmiéndose. Ella no había abandonado aquella montaña de días. Su madre murió, pero el bosque no había terminado ahí. Liberarla era lo que yo más deseaba.

Sheri.

Al principio no entendí, pero luego supe que era mi madre que me llamaba.

Sheri.

Abrí los ojos con esfuerzo y enseguida noté olor a orines, y a algo más. El horroroso y apabullante olor a mierda, allí presente, en nuestra cama.

¡Ah!, jadeé. Creí que iba a vomitar.

Límpiame, Sheri. Mira que dejar que tu madre muera en su propia mierda, como un animal...

¡Basta! No sigas con eso.

Ojalá pudiera. Ojalá pudiera dejar de morirme, te lo aseguro. Ojalá te murieras tú y no yo. El cáncer empezó por ti.

¡Estás loca!, grité.

Había saltado ya de la cama y salí corriendo de la habitación.

Vas a venir ahora mismo a limpiar esto.

Abrí la puerta y salí a la calle en ropa interior. Seguía nevando. Todo cubierto por un manto salvo los laterales de los edificios, y delgadas huellas en la calle. La montaña de barreras de tráfico todavía naranja. Tragué aire frío a bocanadas, los pies descalzos me dolían ya. Podía correr, sí, ir corriendo a casa de cualquier vecino y refugiarme en la del primero que me acogiera.

¡Sheri! No me hagas oler esto. Es repugnante. Pero ¿qué has hecho?

La piel tirante, todo el calor extinguido. Mi cuerpo flaco y pálido tiñéndose de rosa. Un largo camino, a simple vista, desde la cabeza hasta los pies. Qué cosa tan rara, un cuerpo, tanto su forma como lo frágil que era, vulnerable.

Fui derecha al cuarto de baño, me envolví las dos manos en papel higiénico y de vuelta en el dormitorio retiré la sábana encimera. Mi madre se había movido y tenía toda la parte de atrás embadurnada de mierda. Noté una primera arcada, pero pude contenerme. Agarré dos puñados, barriendo la sábana con mis mitones de papel higiénico, y los llevé al cuarto de baño. Tiré de la cadena, me envolví las manos otra vez.

No quería tocarla, pero tuve que ahondar entre sus piernas, y estaba la inclinación respecto a la sábana, y además el papel higiénico era demasiado fino.

No frotes tan fuerte, dijo. Me haces daño.

Procuré limpiar con suavidad la cara posterior de sus muslos y el culo y la entrepierna y la sábana, pero no había manera de dejarla limpia y el olor no se iba ni a tiros.

Toallitas infantiles, dijo mi madre. Toallitas infantiles y luego polvos de talco para bebé. Tienes que ir a comprar eso, o conseguirás que me salga un sarpullido.

No pude decir nada. Seguía tratando de no vomitar, la boca bien cerrada. Cogí una toalla de manos, la empapé de agua tibia y luego la escurrí bien. Empecé a limpiarla y ella se quejó.

Me haces daño, Sheri, caray. Al final me arrancarás la piel.

Yo hice caso omiso, enjuagué la toalla en el lavamanos, una cosa increíblemente sucia, algo que jamás pensé que tendría que ver, pringándome las manos, y luego volví al dormitorio para repetir la operación hasta que la dejé limpia. Saqué las esquinas de la sábana bajera, la empujé a ella con cuidado hacia el otro lado de la cama e hice una pelota con la sábana.

Lo de hoy pero cien veces, dijo ella. ¿Te imaginas? He dicho cien, ni una menos. La mierda va empapando el colchón. No hay modo de eliminar el pestazo. Pruebas con lejía y jabón y champú, una vez hasta con gasolina. Hay dos camas, y al principio simplemente le das la vuelta al colchón de ella.

Después usas el tuyo, por un lado y por el otro. Pero eso no ha hecho más que empezar. Pasa otras muchas veces. Si tuvieras dinero, comprarías pañales para adultos, pero no es el caso. Intentas fabricar unos con toallas, pero no hay goma elástica y la cosa se desborda. Y casi siempre es diarrea. Una especie de baba marrón, grumosa, con trocitos rojos, a veces sangre. Y huele a azufre. No como mi mierda de ahora. Esto no es nada, en comparación. Esto es saludable. Pero cuando alguien está enfermo, ese olor a azufre, el olor de la pólvora o de los huevos podridos, ese olor lo invade todo, y es lo que impregnaba los colchones, olor a enfermedad y a muerte.

Lo siento, dije.

Hazte cargo. Ese olor me acompañó durante años cada vez que me acostaba. Mi cama debería haber estado aparte. Alguien debería haberme ahorrado todo aquello. Y es precisamente lo que él no hizo, ahorrarme aquello. No se me ocurre mejor manera de decirlo.

Me hago cargo. Y él debería haber estado allí, en vez de marcharse.

Bien, Caitlin. Muy bien.

Nada que él pueda hacer te compensará por lo que tuviste que pasar.

Exacto.

Aguantaste cosas que nadie debería aguantar.

Sí.

Lo perdiste todo, y es algo que no se puede recuperar. Tu vida nunca será lo que debería haber sido.

Mi madre se incorporó entonces.

Caitlin. Estoy orgullosa de ti. Eso es bueno.

Y tu madre murió sin su marido. Él cometió un crimen.

Sí.

Y eso ya no puede remediarlo, porque su mujer murió.

Sí.

Es un monstruo. No tiene perdón. Se merece el odio. Merece no tener nada y morir solo.

Caitlin. Sí.

Mi madre parecía entusiasmada, como si acabáramos de descubrir algo, como si hubiéramos emprendido una aventura.

Pero aun así es mi abuelo.

Se dejó caer otra vez sobre la almohada. Yo me quedé allí de pie, esperando, pero mi madre no dijo nada.

¿Me vas a gritar?, pregunté.

En la habitación luz gris de día. La espalda de mi madre casi del mismo blanco que el colchón, tendida en su cama diecinueve años atrás, cuando ella era yo. Esperé.

En el reloj era casi la una.

Voy a preparar la comida, dije.

Metí las sábanas en la lavadora junto con las otras y seleccioné el programa de máxima potencia. Puse el detergente y añadí un poco de lejía. Aquello iba a ser un batido de mierda, y di por hecho que tendría que lavarlas un par de veces más. Llené un cubo con agua y un buen chorro de lejía, cogí otra toalla pequeña y me puse a fregotear la mancha de la cama. Mi madre no abrió la boca. Cuando hube terminado, no acerqué la nariz para oler. Pero olí a mi madre. No estaba limpia del todo.

Te prepararé la bañera.

No hubo respuesta, pero yo fui al cuarto de baño y esta vez procuré acertar con la temperatura. Eché un poco de champú al agua.

Fui a la cocina y busqué algo que fuera rápido. Encontré unas latas de chile. Podía enfrentarme a ella. Me sabía lo bastante fuerte como para eso. Capaz de aguantar hasta el lunes. Abrí las dos latas y vertí el contenido en un cazo, lo puse a fuego lento.

Fui a ver a mi madre. No se había movido. Los ojos abiertos, sin dormir, como un autómata.

Cuando el baño estuvo listo, la empujé hasta ponerla boca abajo sobre la parte central del colchón, me coloqué detrás para pasar los brazos y levantarla. Menos de veinticuatro horas y ya teníamos unas pautas repetidas. Mil días seguidos se me antojó una tortura. No quería saber lo mal que lo había pasado mi madre entonces.

La introduje en la bañera, coloqué sus flácidas piernas y brazos y cabeza y ella se quedó mirando hacia abajo, al agua, pero no me pareció que pudiera hundirse.

El chile ya estaba caliente y le llevé un bol. No levantó los brazos, de modo que le fui dando cucharadas y ella se limitó a abrir un poco la boca y masticar, como un zombi medio resucitado. Normalmente habría estado trabajando a aquellas horas, bajo la nieve y los reflectores, en su puesto fronterizo dominado por estrépito de metales y acelerones de motor diésel funcionando todo el año sin parar, tanto de día como de noche. Un sitio donde ella ya no era ella, sino solo un cuerpo ejecutando tareas, una especie de robot que recordaba a una persona. En la bañera, sin embargo, era todo lo contrario, muerta por fuera y abismada dentro de lo que solo podía ser ella, recordando cosas.

Cuando se terminó el bol, yo me fui a la cocina a comer. Intentaba imaginarme a mi abuela. No teníamos fotos. Mi madre lo había borrado todo. El silencio adueñándose de la casa, días y días sin cruzar palabra. Yo la veía mayor. No me la imaginaba con la edad de mi madre. Rostro arrugado, y no pude imaginarla cruel, solo triste. Sonreía al decir que sentía estar muriéndose, que lamentaba irse y no poder ser testigo de cuanto sucedería en años venideros, que lo sentía por todo cuanto no iba a ser posible. Esa fue la única abuela que me vi capaz de imaginar, una mujer apenada y todavía llena de amor.

En tan poco tiempo, el agua de la bañera se había enfriado, y ella estaba allí metida, probablemente cogiendo frío pero sin decir nada. Era peor aún que cuando me chillaba.

Tengo que sacarte de aquí, le dije. Perdona.

Mi intención había sido enjabonarla a fondo, pero pensé que bañarse en champú sería suficiente.

Tiré para sacarla y era un peso totalmente muerto. No pude secarla bien, tuve que arrastrarla chorreando todavía hasta la cama, hecha con las últimas sábanas limpias que quedaban. La acosté en mi lado y la fui secando con la toalla, lo último de todo la entrepierna, algunos puntitos marrones todavía, y después la hice rodar hacia el otro lado y la arropé con la sábana de arriba y la colcha.

Ya estás limpia y calentita, dije. Ahora duerme.

Ella cerró los ojos pero no dijo nada.

Cuando levanté la tapa de la lavadora y olfateé, me pareció que la ropa estaba limpia. Solo olí el detergente, pero eché un poco más, con otro chorro de lejía, metí también la toalla y puse la máquina en marcha otra vez. Luego me tocó vaciar la bañera y limpiarla, fregar el suelo. A continuación los platos.

Estaba agotada. Me fui a mi cama esperando no tener que despertarme rodeada de orines o de mierda. Debí de quedarme dormida al instante. Me despertaron unos golpes.

Miré el despertador. Eran ya las seis y media de la tarde, fuera estaba oscuro, se había hecho de noche y alguien llamaba a la puerta.

Mi madre no contestaba. Conseguí despertar del todo y me levanté para ir a verla. Estaba tal como yo la había dejado, no se había movido ni un pelo, y tenía los ojos abiertos.

¿Voy a abrir?, pregunté.

Ella como si nada. Fui a la puerta y dije:

¿Quién es?

Steve.

Qué alivio sentí al oír su voz. Steve podría romper el hechizo.

¿Dónde está tu madre?, preguntó cuando le abrí la puerta.

Parecía una persona normal, amistosa, que hablaba, que no fingía ser otro, una persona vestida y limpia, no meándose encima. Traía una bolsa de supermecado y una rosa.

En la cama.

¿En la cama? ¿Puedo verla?

Señalé la habitación con el dedo y él dejó la bolsa sobre la encimera de la cocina y fue para allá. Yo detrás.

Aquí huele mal, dijo. Como a mierda. ¿Qué ha pasado?

Mi madre no se había movido.

Márchate, dijo. Caitlin y yo estamos pasando el fin de semana juntas.

Hoy no has ido al trabajo, dijo él. He pasado por allí a mediodía y me han dicho que estabas de baja.

Márchate, haz el favor.

No es tan fácil. He decidido que no me voy a marchar, que no dejaré que me eches. Porque sé que tú quieres que me quede.

Caitlin, dijo mi madre. Tengo que hacer pis.

La llevé a rastras, desnuda, de la cama al inodoro.

¿Qué es esto?, dijo Steve. ¿Qué ha pasado? ¿No puedes andar?

Su voz tan baja que era solo aire. Estaba asustado.

Se encuentra bien, dije, esforzándome por hablar mientras la arrastraba. Solo quiere enseñarme lo que significó cuidar ella sola de su madre.

¿Qué?

Caitlin no se cree lo que yo viví. Quiere disfrutar de su abuelito y no se cree todo lo que ocurrió cuando nos dejó tiradas. Por eso se lo enseño.

Estás como una cabra. Y desnuda.

Vete a tomar por culo.

Esta vez me quedo.

Yo la tenía por fin sentada en el inodoro, y ella meó mientras Steve miraba desde la puerta.

¿Qué?, dijo mi madre. Me tiré años cuidando de ella. Nadie puede saber lo que fue eso, pero unos cuantos días no le harán daño.

¿Cuánto hace que dura esto?

Desde ayer, dije yo. Por la tarde. Después de hacer polvo el coche de él con la llave de ruedas.

¿Has visto a tu padre?

Si supieras…, dijo ella. Están haciendo planes los dos. Se supone que nos iremos a vivir a su casa, la pequeña familia feliz. Nuestro viejecito con pasta rescatando a Cenicienta. Él vuelve a trabajar de mecánico, va a ver peces con Caitlin al acuario y yo mientras tanto vuelvo a estudiar y en mi tiempo libre salto y brinco por el prado. A ti te toca hacer de príncipe. Caitlin lo tiene todo pensado.

¿Qué?

Él volvería a trabajar, dije. Estoy segura. Y ya nos dijo que podíamos vivir con él y así nos ahorrábamos el alquiler. Y que ella podría volver a estudiar.

Es como para pensárselo, dijo Steve.

Yo no voy a pensar nada, dijo mi madre.

¿Y por qué no? No te gusta nada tu empleo, y me consta que si te dieran la oportunidad podrías hacer algo mejor. Al menos piénsatelo, ¿no te parece?

Sécame.

Sequé a mi madre y luego la agarré por detrás otra vez.

¡Para!, chilló Steve. ¿Qué coño estáis haciendo?

Oh, sí, es terrible tener que llevar a una persona sana a rastras. Ahora imagínate si la persona se está pudriendo por dentro.

Steve nos siguió cuando fuimos otra vez al dormitorio.

¿Por qué huele tan mal?

No era exactamente este olor. En realidad olía a azufre, día y noche, como si las entrañas de la tierra se resquebrajaran, como si viviéramos en el infierno. Cuando hablan del Apocalipsis, a mí me viene a la cabeza la habitación de mi madre. Y siempre con alguna nueva tortura añadida por su parte, que si estaba enferma por mi culpa, que si había conseguido que todos nos abandonaran, que si no la quería...

Acosté a mi madre en la cama y la tapé con la sábana de arriba y la colcha.

Ahora dejadme sola. Haz la cena, Sheri.

¿La llamas Sheri?

Ya ves. Trato de domar esa cabecita egoísta.

Caitlin no es egoísta.

Es una niña, y los niños son egoístas. Además, ¿qué sabes tú? No has tenido hijos. Te lo explicaré. Para ella no somos reales. No tenemos sentimientos ni pensamientos que no sean en relación con ella. Ella no cree que existiéramos antes de su nacimiento. Por eso la obligo a vivir esa época, para que la experiencia forme parte de sus propios recuerdos. Entonces sí creerá.

Estás loca.

Como me lo digas otra vez, te rajo con un cuchillo.

Vale, perdona. Pero acaba ya con esto, ¿no? ¿Por qué no lo dejas correr?

Porque yo no pude ser egoísta.

Steve se arrodilló junto a la cama. Ella estaba acurrucada y él le puso un brazo encima.

Sheri, dijo. Te quiero y no piendo abandonarte. Y Caitlin siempre te querrá más que a nadie en el mundo. Siempre está pendiente de ti, y lo que tú puedas sentir en un momento dado es lo que determina si el mundo es bueno o está a un paso del fin. Es tu hija.

Apoyó la cabeza en la de mi madre, abrazándola, y vi que ella se retorcía entre las sábanas, breves sacudidas de llanto pero sin sonido alguno. Corrí hacia ella y la rodeé también con mis brazos.

Sheri, dijo él. Las cosas serían más fáciles para ti. No pongas trabas a eso.

Pero es que le odio tanto...

Quizá es porque le quieres. Algo que ha quedado...

Qué cabrón eres.

Vale. Estoy dispuesto a ser lo que tú digas.

Mamá, dije yo. Lo siento.

Noté que mi madre se convulsionaba en silencio otra vez y la abracé con todas mis fuerzas.

Lo sientes, dijo al fin. Después de las putadas que te he hecho. Bueno, supongo que con eso está todo dicho. Joder. No puedo creerme que ese pedazo de mierda vuelva a salirse con la suya. No es justo.

Steve preparó una sopa de pescado con navajas de Alaska. Grandes como sus manos, el caparazón marronáceo, frágil y afilado.

Congelé unas cuantas este verano cuando iba con prisas, dijo. Hay que cavar con una pala para sacarlas. Con marea baja. La arena es negra. Te pones de rodillas o incluso tumbado en la playa y vas haciendo un hoyo con la mano, a veces hasta el hombro. Son increíblemente veloces. Tienes que cogerlas por esta especie de manguera que es la boca y el culo, lo llaman sifón, pero a veces agarras el caparazón y entonces se parte y es cuando te cortas.

El sifón de cada navaja largo y de un tono crema sucio. Steve abrió uno haciendo palanca, extrajo la carne, limpió la tripa, lo enjuagó y luego cortó la navaja a pedacitos.

¿Y cómo sabes dónde hay que cavar?

Dejan una señal en la arena. Lo llaman ojo de cerradura si es transparente o bien hoyuelo si ya está lleno, o incluso dónut cuando ves que hay como un montículo de arena alrededor.

¿Y por qué tienen la boca al lado del culo?

No parece muy buena idea, ¿verdad?, dijo Steve. A mí no me gustaría despertarme y ver que tengo el culo al lado de la boca.

Me reí y le di con el puño en el brazo. Ella estaba duchándose después de haber limpiado la habitación, así que de momento lo tenía para mí sola.

¿Te fijas en que los caparazones parecen árboles?, dijo Steve.

¿Qué?

Como si fuera el corte transversal de un tronco. Tiene anillos y, como pasa en los árboles, son anillos de crecimiento.

¿Y los árboles ya están enterados de eso?

Steve se rió.

Tienes razón. Eso podría causarles problemas a las navajas.

Entonces apareció mi madre, con el pelo húmedo. Solo llevaba encima una camisa larga de franela.

Uau, dijo Steve. Estás sexy.

La camisa solo tenía un botón abrochado, muy abajo. Mi madre contoneándose a base de bien.

Ven acá, dijo. La cena tendrá que esperar.

Yo me quedé a solas en la cocina pensando en Shalini, aquella insoportable sensación de querer abrazar aunque fuera el vacío. No podría verla hasta el lunes y todavía estábamos a viernes. Busqué el número de teléfono de su madre y marqué.

Se puso el padre.

Es tarde para llamadas, dijo. Pero por una vez haré la vista gorda.

Te echo de menos, dije cuando Shalini se puso al aparato.

¿Por qué no has ido a clase?

Quería explicárselo, pero era todo demasiado increíble. No supe por dónde empezar.

No lo sé, dije.

¿Que no lo sabes?

Llama ahora a mi casa y me invitas a quedarme a dormir mañana en la tuya. A mi madre no le diremos que yo he llamado antes.

Vale, pero tu familia es de lo más rara.

Pues sí.

Colgué sin hacer ruido y esperé. Mi madre y Steve haciendo el amor, se les oía. Yo tenía ganas de saber cómo era aquello, qué era lo que hacían. Intenté imaginármelo, pero no llegué a nada. Parecían muy desesperados. Yo solo recordaba el tacto de la piel de Shalini, el calor que despedía, su aliento.

Pegué un salto cuando sonó el teléfono.

Está usted cordialmente invitada a la mansión Anand, dijo Shalini, y se rió. Esperamos contar con el placer de su compañía.

De acuerdo, dije en voz alta para que lo oyera mi madre. Gracias. Entonces hasta mañana.

Hablas como un robot.

Sí, nos acordamos de la dirección. Gracias.

Qué rara eres. Mi madre dice que puedes venir a primera hora de la tarde, como el otro día, pero que esta vez tenemos que dormir. Yo acabé agotada.

No te dejaré dormir, dije en susurros. Ni cinco minutos.

Shalini rió.

Estuve un buen rato sentada en la cocina, sola, todavía a la espera, sintiéndome caliente y nerviosa, como si Shalini estuviera allí conmigo. La quería en mi boca, una especie de instinto devorador. Me la tragaría entera y la dejaría dentro. Sentía un cosquilleo en las manos, y flojera en las piernas. Me costaba respirar.

Del cuarto de mi madre no llegaban más gemidos, y al poco rato salieron, ella esta vez con unos tejanos y la camisa abrochada. Tuve ganas de preguntar qué habían hecho.

¿Quién ha llamado?, preguntó mi madre.

Shalini. Me ha invitado a pasar la noche en su casa mañana. ¿Puedo? Por favor…

Mi madre sonrió.

Claro que puedes. Y siento lo que he dicho antes, cariño. Estoy segura de que Shalini es importante y que la recordarás.

No podría olvidarme de ella.

Me dio un beso en la frente y luego se sentó en un taburete al lado de Steve. Olía a él.

Steve no cortó las últimas navajas. Simplemente las colocó húmedas y relucientes sobre la tabla y las rebozó con huevo y pan rallado.

Buñuelos de navaja, dijo. Fuera de obra, para tomar antes de la sopa.

¿Fuera de obra?, dije.

En Francia llaman así a los entremeses. Me guiñó un ojo. Estás aprendiendo culturilla.

Mi madre rió.

Steve derritió un poco de mantequilla en la sartén más grande y fue poniendo las navajas empanadas. Luego volvió a la sopa. Estaba sofriendo cebolla y ajo en la cazuela más grande que teníamos.

En todo restaurante hay tres secretos, dijo. ¿Sabes cuáles son?

Me miró arqueando las cejas.

No.

Te rindes enseguida.

Ya sé, dijo mi madre. Cuanto mayor es el precio, menos comida te ponen.

Cierto, dijo Steve. Pero los tres secretos de todo restaurante, sea caro o barato.

¿Que la comida es del día anterior?, pregunté.

Mantequilla, dijo Steve. El secreto número uno es la mantequilla. Después la sal y el azúcar. Todo lo que pidas llevará mantequilla, y así te parecerá muy sabroso y que el plato vale lo que vas a pagar. La sal hace que quieras más. El azúcar te hace pensar que es sutil, que ahí hay otros sabores. Pero con mantequilla, sal y azúcar, hasta el cartón sería sabroso. Los grupos alimenticios.

Vaya, dijo mi madre, pues a mí no me van a ver más el pelo en un restaurante.

Sí, como si fuéramos alguna vez, dije yo.

Cuidadito. ¿Y por qué no podemos ir a restaurantes ahora? Así empieza el cuento de hadas, ¿te acuerdas?

Steve no nos escuchaba, estaba tirando las navajas a dados en la cazuela, un puñado detrás de otro.

Bueno, ¿qué?, dijo mi madre. ¿Ahora me merezco ir a restaurantes o no?

Sí, dije. Él nos llevará a restaurantes.

Eso no lo sabes. No hemos hecho ningún trato. Actuamos como si lo hubiera, pero no hemos quedado en nada.

Seguro que dirá que sí.

¿Sí a qué? ¿En qué consiste el trato? Porque si voy a dejar mi empleo y a estudiar otra vez, todo por confiar en una persona que la última vez me dejó plantada, ¿qué garantías tengo?

Podríais firmar un contrato, dijo Steve.

Estaba removiendo las navajas, y yo sabía que sus intenciones siempre eran buenas, pero tuve la horrible sensación de que la cosa se estaba torciendo otra vez.

Eso, dijo mi madre, un contrato.

Estaba mirando hacia arriba, pensando.

En el contrato pondrá que podemos vivir en su casa sin pagar alquiler, y que él correrá con los gastos de matrícula y todo lo demás.

Supongo que se puede poner su casa como garantía, igual que en las hipotecas. Si infringe las cláusulas del contrato, os quedáis con la casa.

A mi madre pareció gustarle la idea. Yo pensé en mi abuelo, en el coche destrozado, todas las ventanas reventadas, abolladuras por toda la chapa, él imaginándose que lo siguiente sería su casa, que un día volvería del trabajo, pese a que ya estaba en edad de jubilación, y se la encontraría hecha pedazos o que le habían pegado fuego. No me costó imaginar a mi madre haciendo eso, prender fuego a la casa de su padre por el gusto de verla arder.

Quiero el contrato mañana, dijo ella. No estoy dispuesta a esperar.

Pero necesitarás un abogado, dijo Steve.

No. Quiero ese contrato mañana, firmado ante notario, y en términos sencillos de leer. Pondrá que podemos vivir en su casa sin pagar alquiler y que él me ingresará veinticinco mil dólares ahora y dos mil quinientos cada mes, y que si no lo hace yo me quedo la casa, y que cuando él muera todo será para mí, la casa y todo lo demás.

Mamá, dije. Por favor.

Tú lo has querido, Caitlin. Esto es el cuento de hadas. Así sabemos que el príncipe será bueno, porque el contrato es como un puñal en su espalda. En la versión real de Cenicienta debe de haber puñales que no vemos. Seguro que hay un pleito por acoso sexual. El príncipe, un político, acaricia a Cenicienta en un baile y ella le amenaza con contarlo todo, y al príncipe no le queda más remedio que llevarla al castillo para que no se vaya de la lengua, y como coartada se inventan lo de la zapatilla de cristal.

Deberías ver a un abogado, Sheri, insistió Steve. Todo este rollo es muy complicado.

Puede que lo haga. Quién sabe. Pero primero necesito el contrato. Tengo que saber si voy a ir a trabajar el lunes o no.

Mi madre se había puesto a caminar de un lado a otro. Estaba encendida. Sonaba todo a cólera, como si nada hubiera cambiado.

Lo redactaré esta noche, dijo. Y se lo haremos firmar a él mañana. ¿Estará en el acuario?

No sé, dije. Solo era los días de clase.

Estará, seguro. Quiere verte, o sea que estará. Él quiere jugar a la familia feliz. Muy bien, pues le daremos el peso de una verdadera familia.

Pero he quedado con Shalini.

No. Tú quieres tener abuelo, ¿verdad?

Miedo. Con él me fui a dormir y con él desperté. Mi madre había encontrado otra manera de separarme de mi abuelo. Él se negaría a firmar, y así todo sería culpa suya.

Steve echándole una mano. Estuvieron con ello hasta bien entrada la noche y luego hasta el mediodía siguiente.

Tenemos que llamar a Shalini, dije yo.

Calma, dijo mi madre. Casi hemos terminado.

Ella y Steve sentados muy juntos a la mesa de la cocina, leyendo lo escrito en el portátil de él.

Creo que ha quedado bien, dijo Steve, echándose hacia atrás con las manos entrelazadas sobre la coronilla. Es una vida nueva. Para ti todo será diferente.

Perdona, dijo ella. Deja que acabe de leer. Tenía la nariz pegada a la pantalla, como si buscara algo, la boca abierta. De acuerdo, dijo al fin. Creo que vale. Se volvió hacia Steve, le dio un beso. Gracias.

Tenemos que llamar a Shalini, dije.

Que sí, que sí. La llamo, vamos a imprimir esto, pasamos por el acuario y buscamos una notaría.

Tú explícale que habrá otro contrato, dijo Steve, en cuanto un abogado le haya echado un vistazo a este. Pero yo lo veo bien.

Yo estaba como a un metro y medio de mi madre y Steve, pero no existía. A él le daba igual que no llamáramos a Shalini, le daba igual que mi abuelo se viera obligado a firmar, le daba igual que yo pudiera perderlo.

Shalini, dije.

Siempre jodiendo, dijo mi madre. Ahora la llamo. Se acercó al teléfono y buscó el número. Cuando alguien contestó en casa de Shalini, mi madre no se entretuvo en dar explicaciones.

Ha surgido algo, dijo.

Me pongo yo, dije, pero mi madre hizo un gesto para que no me acercara y luego colgó.

No pongas cara de pena. Vas a conseguir todo lo que querías.

Subimos a la camioneta de Steve, una Nissan de color rojo. Yo me acomodé como pude en uno de los asientos reclinables de la cabina doble, sentada de lado, los pies apoyados en unos altavoces compactos, la música rechinando a volumen alto, una especie de hard rock. «Black hole sun, won't you come, and wash away the rain...»

Cuando pasamos de largo la salida para ir al puerto de carga, mi madre hizo una peineta.

Que os jodan, gritó, y Steve sonrió abiertamente.

Pasamos también de largo la salida para Gatzert y el acuario, y no mucho después nos desviamos y aparcamos, y cuando la música dejó de sonar, los oídos me zumbaban.

Será un momento, dijo Steve. Entro, lo imprimo y ya está.

¿Vives ahí?, pregunté.

Sí.

Quiero ver cómo es.

Steve sonrió otra vez.

Bueno, teniendo en cuenta que es como un palacio, creo que merece una visita.

Dentro era como un garaje, trastos por todas partes. Esquíes y cañas de pescar, cubos, botas de pescador, bicis, cascos, cuerdas. En la pequeña sala de estar un banco para levantar pesas ocupaba casi todo el espacio, compitiendo con los enormes altavoces del equipo de música. Bolsas del supermercado, llenas, la compra sin guardar. Una impresora sobre la mesa de la cocina, papeles amontonados, y Steve se sentó allí con el portátil, mi madre de pie detrás de él.

La vivienda olía como el mar, a agua salada y algas y podredumbre. Lo que olía más fuerte era una nasa de pescar cangrejos. Al lado redes y boyas.

¿Tú ya habías venido?, le pregunté a mi madre.

¿Yo? Claro.

¿Cuándo?

No sé. He estado varias veces.

Lo dijo sin mirarme. Fui al dormitorio, encendí la luz y era más de lo mismo, montañas de cosas por todas partes, una pila de ropa sucia, prendas negras en su mayoría. Cama sin hacer, y las sábanas tenían un tacto húmedo con el frío, no estaba puesta la calefacción. Olía a sudor y a desodorante. Mi madre había estado allí, pero ¿cuándo? ¿Mientras yo la esperaba después de clase? Y el día que estuve en casa de Shalini. Ahora podría venir siempre que le apeteciera.

Vamos, dijo Steve. Una diligencia nos espera, con mucho oro. Mucho dinero.

Ay, ay, ay, aaay, canturreó mi madre.

Estaban los dos excitados. Steve agitaba los papeles brazo en alto.

Nieve blanca cayendo y nieve sucia en el suelo cuando fuimos en el Nissan hasta el acuario, la música a todo volumen. Yo deseando que mi abuelo no estuviera. Quería salvarlo de los ladrones de bancos.

Dejad que entre yo primero, dije cuando Steve estacionó en el aparcamiento de enfrente.

Entramos todos juntos, dijo mi madre.

Por favor, déjame que hable con él. No entréis. Esperad aquí hasta que salgamos. Y yo le enseñaré el contrato.

Quizá deberíamos pegarle un tiro en cuanto haya firmado, dijo mi madre. Así nos quedamos con la casa y el dinero, y para él nada de nada.

Sheri, dijo Steve.

Vale, está bien. Le perdonamos la vida. Pero sigue quedándose con la mejor parte del pastel. Las cláusulas de este contrato nunca podrán ser lo bastante duras.

Yo creo que es buena idea que entre Caitlin sola, dijo Steve.

Está bien. De todas formas, no es que me pirre por verle otra vez.

Espíritu navideño, así me gusta, dijo Steve.

Creo que eso es lo que más me jode, que le caiga este regalo justo antes de Navidad.

Ya, pero tú el lunes no quieres ir a trabajar.

Eso es verdad.

Agarré el contrato que mi madre tenía en la mano y me apeé. No había señales del coche del abuelo, pero eso era de esperar, sabiendo en qué estado había quedado.

Entré a toda prisa. El personal del acuario pareció sorprendido de verme. Yo nunca iba por allí los fines de semana.

Lo encontré arrodillado ante un tanque, la frente muy cerca del cristal mirando a un trambollo peludo como hechizado, una suerte de comunión entre ambos. Pelusa rala en la cabeza del bullón, me hizo pensar en un viejo.

A ese pez nunca le ganarás a ver quién pestañea el último, dije.

Caitlin.

Me abrazó, la cabeza a la altura de mi estómago.

Ay, Caitlin. No pensaba que te vería hoy, y ayer estuve esperando, pero supuse que no habías podido venir.

No fui al colegio. Estuvimos en casa.

Se incorporó entonces, me tomó por los hombros y me miró.

Cuánto me alegro de verte otra vez. Creí que ya no te vería más.

Me atrajo hacia él y yo le rodeé con mis brazos.

¿Qué son esos papeles que traes?, preguntó. Había temor en su voz.

Un contrato. Mi madre ha dicho que podemos ir a vivir contigo y que ella volverá a estudiar, pero quiere dinero.

A ver, echemos un vistazo.

Fuimos hasta un banco, nos sentamos y él me cogió los papeles.

Siento lo de tu coche.

Es un coche y nada más.

Pero me dijiste que con ese motor llegarías hasta el final.

No importa. Oye, no leo bien con esta luz. Tendré que acercarme a un tanque. Busca uno que esté bien iluminado.

Lo guié hasta uno de peces ballesta. Parecían trabajos hechos con tiza azul para la clase de plástica.

Las Bahamas, dijo. No me importaría vivir allí. Una casita en la playa y todo el día nadando entre los peces.

Los peces ballesta pueden comer erizos de mar, dije. Soplan agua para darles la vuelta y luego picotean lo de abajo.

Cuando vayamos a bucear, tendremos que llevar walkie-talkies o algo así, para que me vayas contando cosas.

Mi abuelo se puso a leer el contrato, y yo nos imaginé a los dos en un paraíso tropical con palmeras y arena blanca, nadando en un agua luminosa y azul con nuestros walkie-talkies. Gorgonias violetas y coral cerebro verde, anémonas de mar naranjas y blancas y peces ballesta pintados de azul. Peces loro con dibujos de color turquesa o rojo. Tiburones nodriza durmiendo en el fondo unos encima de otros. Todo apacible y cálido y agradable, mi abuelo y yo pululando tranquilamente por allí.

Bien, dijo. Adiós a la seguridad. Tendré que volver a trabajar, y eso significa que no estaré aquí cuando salgas de la escuela. Claro que podría empezar a primera hora y así me daría tiempo. A lo mejor me lo conceden. La empresa y yo quedamos más o menos como amigos.

Lo siento, dije. Mamá es mala.

No, no, Caitlin. Soy yo el que no estuvo a la altura. Tu madre no ha hecho nada. Y considero que es una suerte tener otra oportunidad. El contrato no es más que dinero, y el dinero, al final, no vale nada. Toda mi vida ha girado en torno al dinero, y ahora que tengo una posición más o menos desahogada, me doy cuenta de que el dinero carece de importancia. Lo que cuenta es la oportunidad de estar contigo, y de aprender a conocer a tu madre otra vez. Me vería capaz de firmar cosas cien veces peores.

Entonces ¿lo vas a firmar?

Claro que sí.

No pude evitarlo, me puse a dar brincos. Él se rió y dijo:

Eso solo ya vale tres casas juntas.

Mientras estábamos dentro, el viento había arreciado y ahora la nieve caía racheada, nubes de nieve que tapaban la vista un momento y desaparecían después. Formaba torbellinos alrededor de las farolas y los indicadores, tolvaneras blancas. Mi abuelo llevaba los papeles por dentro del abrigo y caminaba encorvado hacia delante con la barbilla remetida.

Mi madre abrió la puerta del lado del acompañante y nos miró. El motor de la camioneta al ralentí y la calefacción a tope.

Gracias, Sheri, dijo mi abuelo. Será un placer firmar los documentos. Gracias por darme esta oportunidad.

Tienes que firmar hoy ante notario. Y un abogado nos hará un contrato nuevo, que también deberás firmar.

No hay ningún inconveniente.

Faltaría más, joder. Consigues todo lo que querías.

Sheri, dijo Steve.

Muy bien. Pero nunca olvidaré lo que hiciste. Nunca olvidaré lo que eres.

Ni yo, dijo mi abuelo. Te lo aseguro. Sé muy bien lo poco que valgo. Nadie lo sabe mejor.

Yo sí.

Sheri, sé que nunca podré compensarte, pero de todas formas lo voy a intentar. Pondré la casa a tu nombre, todo mi dinero será para ti y para Caitlin. Te daré todo lo que soy y todo lo que tengo. No puedo ofrecerte más.

Mi abuelo a merced de la nieve y el viento, los brazos separados, haciendo su ofrenda a un dios.

Pues con eso no basta, dijo ella. Nunca será suficiente.

Luego se bajó y él dio un paso atrás.

Sube, Caitlin, dijo mi madre, echando el respaldo del asiento hacia delante.

Me monté detrás.

Síguenos, le dijo a mi abuelo.

Y luego volvió a subir y cerró la puerta. La ventana estaba empañada y no pude ver al abuelo.

Has sido muy dura, dijo Steve.

Tú te callas, dijo mi madre.

Vi que Steve apretaba las mandíbulas. Luego puso la primera y condujo despacio hacia la salida del aparcamiento, mirando por el retrovisor.

Debe de ser él, dijo. Un turismo de alquiler.

Entonces vamos, dijo mi madre.

Yo también tengo límites, dijo Steve.

Mi madre guardó silencio. Steve recorrió unas cuantas manzanas y aparcó delante de un Mail Boxes Etc. Entramos los tres y al poco rato lo hizo mi abuelo.

Ahora mi banco está cerrado, dijo. Pero el lunes vamos y pondré la casa a tu nombre. Tú ya constas en mi plan de pensiones y en el seguro de vida.

¿Ah, sí?, dijo mi madre. ¿Desde cuándo?

Desde hace años.

Llevas mucho tiempo, años, viviendo aquí en Seattle. ¿Por qué ahora?

Sheri, la verdad es que no te lo sé explicar.

¿Siempre has estado aquí?

No. Volví a Luisiana y estuve viviendo allí once años.

Pero ¿llevas aquí ocho?

Sí. Lo siento. Quise ponerme en contacto contigo nada más volver, pero sabía que estarías muy enfadada.

Ocho años.

Siento interrumpir, señores, dijo la notaria. Sin duda se estaba impacientando. Necesito que firmen ahora, si es que vamos a hacerlo. Son diez dólares por firma.

Mi abuelo firmó el contrato y en el libro de registro, y luego lo hizo mi madre. Nos quedamos esperando.

Si queréis, vamos ahora a mi casa, dijo mi abuelo. Y podéis mudaros cuando os venga bien, no hay ningún problema.

¿Has tenido otra familia?

Hijos, no. Eso no. Pero en Luisiana me volví a casar.

¿Y qué ha sido de ella? ¿Pilló un catarro y te largaste cagando leches?

Sheri, dijo Steve.

Mi madre lo fulminó con la mirada, pero esta vez se contuvo.

Me abandonó ella, dijo el abuelo.

¿Era más joven que tú?

Sí, casi veinte años.

Santo Dios.

No tiene por qué confesarlo todo, dijo Steve.

Si no pasa nada, dijo mi abuelo. He decidido no esconderme más. Estoy dispuesto a explicar lo que sea necesario.

Eres todo un héroe, dijo mi madre.

Veinte dólares, dijo la notaria.

Steve sacó su cartera.

No, dijo mi madre. Que pague él.

Pagaré yo, dijo Steve, y sacó un billete de veinte. Vámonos.

Esta vez seguimos nosotros al pequeño turismo blanco que mi abuelo había alquilado. Tomamos por East Yesler Way, dejamos atrás mi colegio, y un trecho más adelante giramos al norte por la avenida Veintitrés, pasamos el instituto y zonas residenciales y un centro comercial y una subestación eléctrica y luego torció a la derecha por East Pine. Casas grandes, individuales, mejor que donde vivíamos mi madre y yo.

Es bonito, dije.

Pasada una manzana, giró a la izquierda, por la Veinticuatro.

Más vale que no viva en una casa grande porque lo mato, dijo mi madre.

Ahora la casa es tuya, dijo Steve. Grande o pequeña.

Lo mato igual. Ocho años... ¿y dónde he vivido yo estos ocho años?, ¿o los últimos diecinueve?

Mi abuelo se desvió por un camino particular sin pavimentar. La casa era pequeña, preciosa, mucho espacio alrededor, una parcela muy grande. A ambos lados casas mucho más grandes, pero a mí la pequeña me pareció ideal.

Caray, dijo Steve. Estilo victoriano. Solo una planta, pero mucha personalidad.

Era azul oscuro, con detalles de color crema en las ventanas y el tejado a dos aguas, y una puerta azul cielo con marquesina. Parecía una casita de cuento.

Steve siguió al abuelo y aparcó la camioneta junto a los escalones de entrada. En uno de los lados otro tejadillo y una ventana salediza.

Sheri, dijo. Esto está muy bien.

Mi madre no dijo nada.

Mi abuelo empezó a subir los escalones, abrió la puerta principal y se quedó allí de pie bajo la nieve.

¿Sheri?, dijo Steve.

Esto está pasando muy rápido, dijo ella. ¿Unos pocos días y todo cambia? ¿De repente tengo una casa, no trabajo y voy a vivir con mi padre, que nos abandonó?

Nos quedamos esperando en la cabina, el aire se enfriaba. Al rato mi abuelo se metió dentro y cerró la puerta. Seguramente tenía ya mucho frío. Yo quería que saliera otra vez y se acercara a la camioneta, pero comprendí que no lo hiciera. Cerré los ojos deseando saber rezar, pero para mí no había un dios conocido, solo los peces. Quizá el mola mola, con su boca abierta en éxtasis, como había dicho el abuelo. Una sombra que se acerca apenas un momento y desaparece después. Presente, pero no visible.

Ayúdanos, se me ocurrió pedirle.

Luna creciente propulsada por aquellas grandes alas oscuras.

No es justo para mi madre, dijo mi madre. Si subo y cruzo esa puerta, será como si todo lo pasado no hubiera ocurrido nunca. Como si lo hubieran borrado. Y ella podría haber tenido un final mejor. Que él se marchara hizo que terminara su vida como peor persona. Si él hubiera estado allí, ella podría haber sido mejor.

¿Y no crees que a tu madre le gustaría que tú vivieras mejor que ahora?, preguntó Steve.

Mi madre no pudo responder. Yo le puse una mano en el hombro y ella subió el brazo y me la agarró con fuerza. Después expulsó el aire.

Está bien, dijo, de acuerdo. Gracias a los dos.

La madera de los suelos era vieja y estaba remozada. Todo restaurado a la perfección. Paredes azul cielo con ribete blanco, sillones con brazos curvos de madera, una lámpara de araña, techos altos. Mi abuelo allí plantado, nervioso, con americana y camisa de vestir.

¿Quién te crees que eres?, preguntó mi madre, pero él no dijo nada.

¿Esto lo ha hecho usted solo?, preguntó Steve.

Sí. Yo era mecánico, pero estos últimos años me ha dado por la carpintería.

La sala de la parte delantera tenía una ventana salediza y dos cómodos sofás. Yo me sentaría allí con Shalini. Seríamos como gatos tomando el sol.

Mi madre había seguido hasta la mesa del comedor, que estaba en el centro de la pequeña vivienda, junto a la cocina. Un frigorífico antiguo, de líneas curvas.

Ahora hay tres dormitorios, dijo mi abuelo. Eliminé el pasillo central y puse una viga arriba, para hacer el comedor. Después convertí el viejo comedor en el dormitorio principal. Tiene esa ventana salediza que da al camino de entrada, con vistas a los árboles.

Mi madre entró en dicho dormitorio y nosotros detrás. La cama era de matrimonio y tenía un cabezal acolchado que hacía juego con los muebles del salón, en tono beis oscuro, y las paredes eran de un azul más oscuro que las otras. Vigas vistas en el techo. Todo limpio y a punto, como una habitación de hotel. Era evidente que él no utilizaba ese dormitorio.

Lo habías planeado, ¿verdad?, dijo mi madre. Tres dormitorios.

Tenía esa esperanza, dijo él.

¿Cuánto hace que compraste la casa?

Tres años.

O sea que hace tres años que nos vienes siguiendo.

Llevaba ocho años queriendo ponerme en contacto contigo.

Tú sabes que si no fuera por Caitlin, yo saldría ahora mismo y no volverías a verme el pelo. Eso lo tenías claro, por eso lo intentaste primero a través de Caitlin.

No, la cosa no fue tan planeada como dices. A ella quería verla, a ti me daba miedo verte. No hubo tal plan. Uno no planea su vida, Sheri. Yo lo hice todo rematadamente mal, y volvería atrás si eso fuera posible. Lo planearía todo y esta vez haría las cosas bien.

Mi madre salió rápidamente del dormitorio y echó un rápido vistazo a los otros dos.

O sea que tú te has reservado el más pequeño. Y lo que era el dormitorio principal es el cuarto de Caitlin.

La primera vez en mi nueva habitación. Una cama enorme con cuatro columnas de madera oscura, tallada. Colcha de un tono beis claro, como las almohadas. Me lancé hacia los aires y aterricé en el cielo. Miré y vi que sonreían, los tres.

Me encanta, dije. Me encanta esta cama. Y la habitación.

Techo más bajo que la de mi madre, pero aun así vigas vistas, el suelo de madera vieja y un diván largo y estrecho como los que salen a veces en las películas. Las ventanas miraban a árboles cubiertos de nieve, no se veían vecinos ni montañas de conos naranja ni camiones aparcados.

Tengo que enseñárselo a Shalini, dije. ¿Puede venir mañana?

Cariño, todavía no sabemos cuándo vamos a mudarnos.

¿Podría ser hoy?

Yo os echo una mano, dijo Steve.

Tengo que avisar. Si no, pagaremos otro mes de alquiler.

Yo me hago cargo de eso, dijo mi abuelo. Así podéis mudaros ya, si os apetece.

Parad, parad, dijo mi madre. Que esto no es un musical. No vamos a ponernos todos a cantar.

Steve sonrió. Mi madre le atizó en el hombro con el puño, pero en plan cariñoso.

La verdad es que se te ve feliz aquí, me dijo.

Me encanta.

Bueno, supongo que lo único que hay que trasladar es ropa y algunos trastos. No tenemos que traer muebles. Hagamos una cosa, dijo mi madre, volviéndose hacia el abuelo. Nos mudamos hoy, pero de momento no renunciamos a nuestro piso. Tú sigues pagando el alquiler. Y te vas a dormir allí cuando yo lo diga. Si no puedo soportar tenerte en casa, te marchas. ¿De acuerdo?

Temí que mi abuelo se negara, pero dijo que sí.

Me parece bien, Sheri. Ahora esta es tu casa. Me marcharé cuando tú me lo digas.

No me parece justo que le echen de su propia casa, dijo Steve.

Cualquier cosa es justa, dijo mi abuelo. Cualquier cosa. Tengo suficiente con ver a Caitlin feliz en su nueva habitación.

En ese momento quise muchísimo a mi abuelo, pero tuve miedo de enfadar a mi madre si iba y le abrazaba. Un solo abrazo podía dar al traste con todos los planes.

Bien, dijo Steve. Pues manos a la obra.

Nunca he sido tan feliz como cuando volvimos en coche a nuestro piso, el abuelo siguiéndonos. Acurrucada en el asiento reclinable, la música de Steve a todo trapo, y sentí como si refulgiera, mi cuerpo entero una especie de sol. Ese día mi vida estaba empezando de nuevo. Así lo sentí yo.

Cuando llegamos subí corriendo hasta la puerta. Fue la única manera de disimular mi felicidad, echar a correr para que mi madre no viera mi gran sonrisa.

Después llegó Steve, mirándome risueño, y luego mi madre seguida de mi abuelo, que llevaba una maleta.

Mi madre se detuvo con la llave puesta en la cerradura.

Creo que no quiero que veas mis cosas, dijo. Lo siento. ¿Te importa esperar en el coche?

No hay problema, dijo él. Os dejo aquí la maleta para que la utilicéis.

Mi madre había dicho lo siento. Por primera vez le había dicho lo siento a su padre. Daba igual que él tuviera que esperar en el coche.

Miré el piso como si fuera la primera vez, vulgar y frío, sin la calidez de la madera, nada que pareciera cómodo, el mobiliario barato, de contrachapado. En aquella luz tenue, todo me pareció triste y desangelado, qué extraño que a eso lo hubiéramos llamado nuestra casa. A partir de ahora viviríamos en un mundo completamente diferente.

Usa su maleta, me dijo mi madre. Mete todo para un par de semanas, sin olvidar lo que necesites para el colegio. Si te olvidas algo, no pienso volver.

Yo no tenía mucha ropa. Doblé bien mis tejanos y camisetas, y aún pude meter en la maleta las cosas del cuarto de baño. Llené una mochila aparte con los libros del cole. Solo quedaban animales de peluche y juguetes que ahora me parecían demasiado de niña. No había nada que fuera para mi edad. Hacía siglos que no comprábamos nada. Creo que hasta ese momento, cuando miré todo lo que no tenía, nunca me había sentido pobre. El año anterior había querido empezar a tocar un instrumento, pero no podíamos hacer ningún extra y en el colegio no tenían instrumentos de sobra. Bueno, había una tuba y dos trompetas de más, pero yo quería tocar la flauta o el clarinete, y estaban todos ocupados. No tuve que guardar ningún instrumento. Tampoco estaba en ningún equipo de deportes, porque eso suponía un gasto en zapatillas, ropa especial y la cuota correspondiente. El único extra era mi pase para el acuario.

¿Ahora podré tocar un instrumento?, pregunté a voz en cuello.

¿Qué?, gritó a su vez mi madre desde su cuarto.

Que si puedo tocar un instrumento.

Haz la maleta, Caitlin. Ya veremos.

Llevé la maleta y la mochila hasta la puerta y luego volví y me asomé al cuarto de mi madre. Ella tenía mucha más ropa que yo, cosas acumuladas a lo largo de siglos. Lo estaba metiendo todo en bolsas grandes de basura.

Ahora pienso tocar un instrumento, dije. Flauta o clarinete. Y hacer algún deporte.

Tú céntrate, Caitlin.

Ya he hecho la maleta. Porque apenas tengo cosas que guardar. No tengo nada.

Mi madre fue muy rápida. Me agarró por el cogote.

A mí no me hables así, dijo entre dientes, para que no la oyera Steve. Él estaba detrás de la encimera de la cocina, metiendo cacharros en una caja grande. Me he esforzado por ti y te he mantenido lo mejor posible. No me eches en cara que él tenga más dinero. No tuvo que mantener a nadie. Por eso es rico. Y ahora ese dinero es mío, así que si quieres algo, pórtate bien.

Perdona, dije.

Aquella cara, malvada y vieja. Al final me soltó y continuó guardando cosas en bolsas de basura.

Marqué el número de Shalini en el teléfono de la cocina y tiré del cable lo más lejos posible de Steve y de mi madre.

He llorado, dijo Shalini. Me has hecho llorar al decir que no vendrías.

Oh, dije yo, y me sentí embargada de tristeza imaginándome a Shalini llorando. Me dolió mucho. Lo siento, dije. Ha sido mi madre. Nos mudamos a casa de mi abuelo. Ven allí mañana y te quedas a dormir. Él nos acompañará al colegio el lunes. Tengo que darme prisa. La dirección es 1621, avenida Veinticuatro, una casa pequeña, azul, antigua y preciosa. Tengo una cama muy grande. Voy a colgar. Mi madre no puede saber que estoy llamando.

Espera, dijo Shalini.

Lo siento, dije. Tú ven mañana lo más pronto que puedas.

Mi mochila, la maleta, una caja con lo de la cocina y las bolsas de basura donde iba la ropa de mi madre. Nada más. Eran todas nuestras posesiones, sin contar el coche de mi madre. La tele y los muebles viejos los venderíamos.

No necesitábamos tres coches para la mudanza. Cabía todo en el asiento de atrás y el maletero del nuestro. Pero arrancamos, mi abuelo en cabeza, detrás mi madre y yo, Steve el último. Por Alaskan Way y luego hacia East Madison, una autovía. Tomamos la salida de East Olive. La casa del abuelo estaba a solo una manzana o dos de concesionarios de coches, bloques altos de pisos y la autovía, muy cerca de un YMCA, un barrio no mucho mejor que el que dejábamos atrás, pero te metías en su calle y era otro mundo. Estaba un poquito apartada, las casas más próximas también eran bonitas y había árboles suficientes como para protegernos de los vecinos. Un pequeño paraíso. Y, sobre todo, no pasaban aviones atronando al poco de despegar.

Mi madre aparcó en el camino de entrada detrás de mi abuelo, pero no apagó el motor.

No sé si me veo capaz, dijo. Lo estoy intentando por ti, Caitlin. Estoy haciendo un esfuerzo porque sé lo mucho que has deseado tener más familia.

Gracias, dije.

Y más cosas le habría dicho, como que ella ganaba una casa gratis, que mi abuelo renunciaba a todo y accedía a todo, pero no me atreví.

Nosotras tampoco estábamos tan mal, dijo. Siento no haber podido comprarte una flauta, aunque lo necesario siempre lo tuviste. Será bonito tener más cosas, pero a ti nunca te ha faltado lo necesario.

Mi abuelo pasó de largo sin atreverse a mirarnos. Subió los escalones y abrió la puerta.

Muy bien, dijo mi madre, apagando el motor. Vamos a ver qué pasa.

El día frío, el cielo como un techo bajo, blanquecino, pero dentro de la casa se estaba muy bien.

Bienvenidas a vuestro nuevo hogar, dijo mi abuelo, y me guiñó un ojo.

Fue igual que cuando Charlie hereda la fábrica de chocolate y por fin Willie Wonka se vuelve simpático después de haber sido tan malvado, aunque mi abuelo nunca fue malvado. Pero la sensación fue exactamente la de heredar de pronto el mundo entero y ver abrirse un sinfín de posibilidades, borrados todos los límites y la pobreza y el miedo.

Fui a mi cuarto y cerré la puerta. Quería tenerlo un momento para mí sola. Hasta la iluminación era cálida. Una pequeña araña en el techo y una lámpara de pie en un rincón, junto al diván. Me recliné en él como si fuese una actriz de Hollywood y contemplé la cama enorme y las vigas en lo alto. Esta soy yo, dije en voz baja. Mi vida va a ser esto. Me la estaba probando, esa vida nueva, como quien se prueba un vestido nuevo, algo que te cambia y que hace que no puedas volver a verte otra vez igual. Supe que recordaría ese momento toda la vida, y en efecto todavía ahora conservo la imagen exacta de los árboles y el cielo al otro lado de la ventana, aquel panorama amortiguado, sereno, sin viento, los alféizares nevados, un reluciente y perfecto blanco leche, nuevo, y las paredes no azules sino empapeladas de un tono canela, dibujos que cambiaban con la luz, dibujos que formaba la textura, sedosos remolinos sobre una superficie por lo demás mate. Con los años, llegaría a ver de todo en aquel papel de pared, las propias paredes una suerte de espejo, y ese primer día tuve la certeza de que así iba a ser. Supe que podía zambullirme en aquellas paredes una y otra vez, en las vigas del techo, la cama mullida y su suave colcha, el diván en que me encontraba, y supe que el suelo, por ser tan vieja la madera y tener dibujos de nudos y agujeros viejos de clavos, cambiaría al mirarlo yo y nunca sería dos veces el mismo. Un hogar en vez de una caja, infinita tanto como pudiera serlo la combinación de beis, marfil y marrón, tan infinito como todo lo que Charlie o cualquier príncipe o princesa hubieran conocido. Y algún día sé que volveré a vivir en esa misma habitación, cuando mi madre ya no esté. Quiero terminar mi vida allí. Esa será la habitación que presencie mi final, el hogar que nos regaló mi abuelo. Él ya murió, pero nos dejó algo, un sitio para que lo recordáramos. Todas las superficies acabadas con sus propias manos mientras soñaba con nosotras.

Pero aquel día solo estaba instalándome y pensaba que mi abuelo viviría siempre. Al salir de la habitación me lo encontré de frente, sonriéndome, tan feliz como yo con mi nueva casa.

Gracias, abuelo, dije.

Él no dijo nada, solo me abrazó.

Mi madre y Steve estaban colocando cosas en la nueva habitación de ella. El abuelo y yo fuimos a sentarnos en los sofás que había junto a la ventana de delante.

¿Tengo más parientes?, pregunté. ¿Primos, tías o tíos?

No, Caitlin. Lo siento. Tu abuela tenía una hermana, pero perdí el contacto con ella hace ya muchos años y no sé si llegó a casarse o si tuvo hijos. Diría que no. Y yo no tenía hermanos. Los dos veníamos de familias de pocos miembros. Nos mudamos aquí ella y yo solos.

¿De dónde era la abuela?, pregunté.

Estaba encantada de que me hablase de todas aquellas cosas. Mi madre apenas me contaba nada.

De Luisiana, igual que yo. Siete años más joven. No teníamos dinero, y trabajo solo de vez en cuando, así que decidimos marcharnos. Queríamos empezar una nueva vida. Yo tenía entonces treinta y seis y ella veintinueve. Te hablo de finales de 1958, o principios del 59. No sabíamos que aquí haría tanto frío. Buscábamos un lugar donde nadie nos conociera, pero ella se quedó embarazada muy pronto y las cosas se pusieron difíciles. Nunca llegamos a disfrutar de la libertad.

Yo intentaba abrir bien los oídos, pero ya no me acuerdo de todo lo que dijo. Vidas que quedan muy lejos en el pasado, y una abuela que yo siempre me imaginé vieja pero que no llegó a serlo.

¿Tienes alguna foto de ella?, pregunté.

Lo siento, Caitlin, dijo. Me marché a toda prisa y no conservé nada. Yo solo quería olvidarme de todo y empezar de nuevo. Y tampoco era la primera vez que me pasaba.

¿Cuándo fue la primera?

Cuando me alisté. Y la segunda cuando volví del frente. Y después cuando nos mudamos aquí a Seattle con tu abuela, esa fue la tercera vez que salí huyendo. La cuarta fue cuando la abandoné a ella, y la quinta cuando regresé aquí después de volver a Luisiana. Me he pasado la vida huyendo, pero te prometo que eso se acabó. Esta vez me quedo hasta el final, pase lo que pase. Puedes contar con ello. De ti no voy a huir jamás, Caitlin. Sé que aquel día en el acuario lo hice, pero no volverá a suceder.

Yo estaba recostada contra mi abuelo y él tenía un brazo sobre mis hombros, tan a gusto los dos. Me acordé de la agente de policía y todas las preguntas que me hizo, y pensé que a mi madre tampoco le gustaría ver esa escena, de modo que me puse de pie como si quisiera mirar por la ventana. Me acerqué al cristal y contemplé el largo patio delantero cubierto de nieve.

¿En qué guerra fue eso?, dije.

En la Segunda Guerra Mundial.

¿Tan viejo eres?, pregunté. Me volví para mirarle y no me lo podía creer. Esa guerra sale en las pelis muy antiguas, dije.

Rió un poco.

Sí. Soy un pedazo de historia viviente. Tenía diecinueve años cuando me alisté, o sea que era de los más jóvenes.

¿Qué pasó?

Uf, más vale que no lo sepas.

Es que no me imagino nada.

Yo era mecánico, igual que ahora. Me ocupaba de los motores diésel de carros de combate y camiones, incluso de algunos barcos pequeños. Imagínate un mecánico pero vestido como los soldados que has visto en el cine. Nada de escenas excitantes, solo barro y aceite y herramientas, y carros de combate averiados la mayor parte del tiempo. Reparaciones y demoras, eso es la guerra básicamente, y estar siempre yendo de un lado a otro. Como los primeros minutos de la película, solo que repetido hasta la saciedad.

¿De qué estáis hablando?, preguntó mi madre.

Había aparecido de repente, con Steve.

Oh, dijo mi abuelo. De nada. Caitlin me preguntaba sobre cuando estuve en la guerra, pero no hay gran cosa que explicar. Solo arreglé unos cuantos motores.

Creía que tú nunca hablabas de la guerra. Mamá solía decir que no querías hablar de ello porque pasaste momentos horribles y eso te dejó marcado. ¿A qué viene que ahora le hables de la guerra a mi hija, sea lo que sea lo que te haya preguntado?

Lo siento, Sheri. Malos momentos los hubo, pero procuro no acordarme, tienes razón, y naturalmente no pensaba contarle nada de eso a ella.

Pues va siendo hora de que lo cuentes. Yo quiero saberlo. ¿Cuáles fueron los momentos malos?

Sheri, estamos en 1994. Mi abuelo había extendido los brazos abarcando cuanto nos rodeaba, todo un mundo. Es sábado. Os estáis instalando. Tendríamos que salir a cenar, nadie quiere oír historias de guerras remotas.

Yo sí. Quiero todo lo que no nos diste en su momento.

Mi abuelo con la boca abierta pero sin decir nada.

Es que no sabría ni por dónde empezar, se excusó finalmente.

Empieza por lo que te explica a ti. Eso debería explicar por qué te fuiste. Algo sucedió en la guerra, o incluso antes, que te empujó a huir. Necesito encontrar la manera de no odiarte tanto. Te estoy dando una oportunidad, ¿entiendes?

No hay historias de esas, nada que explique nada. Fui un cobarde y huí. Hice algo imperdonable, sé que no podré compensarte por eso y lo siento.

No es suficiente. Vas a buscar hasta que encuentres algo que lo explique, y me lo vas a contar. Venga, empieza.

Sheri. Por favor.

O lo haces o nos marchamos. Dame alguna excusa para solidarizarme contigo ahora que estoy en esta bonita casa, toda tan bien pintada y empapelada, y piensa en el desastre de casa donde nos dejaste, con sus goteras y sin calefacción ni aislamiento ni nada. Cuéntanos tu penosa historia sobre la puta guerra, lo que sea que mi madre pensara que te afectó tanto.

Mi abuelo cerró los ojos.

No hay historia que justifique nada, pero te daré lo que pides. Creo saber el momento que quieres oír, porque tomé una especie de decisión. Hubo un cambio, por decirlo así. Pero no puedo empezar desde el principio. Nunca he sabido hacerlo. Tengo que empezar por el final e ir retrocediendo, y la cosa no termina nunca porque no puedes retroceder toda la vida.

Adelante, dijo mi madre.

Creo que Caitlin no debería oírlo.

Sí que puede.

De acuerdo. Tú eres su madre.

Exacto.

Bien. No entraré en detalles, pero yo estaba tendido entre un montón de cadáveres. Amigos míos. Los mejores que he tenido nunca. No estaban allí amontonados a propósito, sino que acabaron así porque yo estaba tumbado en el suelo trabajando en el eje de un camión. Y el caso es que la guerra había terminado. De eso hacía ya días, estábamos riendo y contando chistes, un poquito bebidos. Poco después cada cual tomaría su camino y eso se nos hacía casi insoportable. No queríamos marcharnos, en el fondo. Nos alegraba que la guerra hubiese terminado, pero no queríamos que se terminara lo que había entre nosotros. Creo que todos presentíamos que nunca volveríamos a estar tan unidos con nadie, y que nuestros respectivos familiares nos parecerían unos extraños.

¿Y ya está? ¿No fuiste un padre ni un buen esposo porque no habías superado aún la fase colega?

No, no. Es por cómo pasó, en un momento en que nadie pensaba que hubiera peligro. Por fin estábamos a salvo después de años con el miedo en el cuerpo las veinticuatro horas del día, y fue justo entonces cuando llovieron las balas y vi cómo mis amigos me iban cayendo encima, uno por uno, moribundos. Es eso. Estábamos a salvo, ¿no? Y con tu madre me pasó lo mismo. Se suponía que estaba a salvo. Tenía esposa, una familia. La anécdota en sí carece de sentido a menos que conozcas los momentos previos, todas las veces en que pensamos que íbamos a morir, todas las veces que corrimos peligro. No sirve de nada que te lo cuenten. Hay que estar allí, sentir lo larga que puede ser una sola noche y luego sumarlas todas, centenares de noches, y más todavía, y de alguna forma se establece un pacto, un trato con Dios. En la guerra uno hace cosas horribles, y aguanta cosas, porque hay un pacto. Y luego, cuando Dios dice que se acabó el pacto, después de que tú ya has pagado, y ves a tus amigos acribillados, saltando como marionetas, un día en que se suponía que no había peligro, y más adelante te enteras de que tu mujer va a morir joven y que te tocará ver cómo agoniza, algo que, igual que en la guerra, va a durar centenares de noches, ya no hay trato que valga. No le debes nada a nadie.

¿Eso es todo?

Mi abuelo parecía derrumbado, sentado allí en el sofá con la cabeza baja y las manos colgando.

Sí, dijo. Olvidé que estaba en deuda contigo, que eras una niña y que merecías tenerlo todo. Olvidé que a mi mujer también se le debía algo, que mis tratos no eran solo con Dios, que los tratos no me implicaban solo a mí. Una cosa horrible de olvidar. Fui egoísta y lo siento. Pero debo confesar que entiendo por qué me marché y que me perdono por haberlo hecho. Tal vez no me había dado cuenta hasta ahora mismo, al tener que hablar de esto, pero sí, me perdono. O, al menos, entiendo por qué lo hice, y eso probablemente viene a ser lo mismo.

Vaya, dijo mi madre. Enhorabuena.

Mi abuelo esbozó una sonrisa lúgubre, muy extraña.

Sí. Enhorabuena. La experiencia de uno no sirve para conocer la de otros.

Estábamos en un restaurante caro, especializado en pescado. Era el restaurante más caro que yo había pisado nunca. Supe que mi madre lo había hecho adrede. Estaba dilapidando un dinero que habría de ser suyo pronto, pero aun así quería castigarlo, y una manera era obligarlo a ver cómo se esfumaban sus dólares.

¿Han decidido ya?, preguntó el camarero.

Yo estaba muy asustada con la carta. No había nada barato. Y la carta era diferente de las que yo conocía. En la parte de arriba estaban las distintas variedades de pescado, luego elegías cómo querías que te lo prepararan, y por último el acompañamiento y la guarnición. Aquella carta era como un problema de mates donde todas las cifras eran demasiado elevadas.

Yo tomaré el cangrejo real, dijo mi madre. Y después pez luna.

El pez luna es delicioso, dijo el camarero. Excelente elección. No solemos tenerlo en la carta, nos llega en avión desde Hawái recién pescado. Y apenas hay que dorarlo un poco a fuego vivo, vuelta y vuelta. Tiene un sabor muy delicado, mantecoso, y se echa a perder si se hace más de la cuenta.

¿El precio?, preguntó Steve.

Sesenta y cinco dólares el pez luna. Es lo mejor que tenemos hoy en la carta.

Sheri, dijo Steve.

Él también tomará pez luna, dijo mi madre, señalando a Steve. Esta noche invita mi padre.

Excelente, dijo el camarero.

Yo también tomaré pez luna, dijo mi abuelo.

¿Sabía usted que es un héroe de guerra?, dijo mi madre alzando la voz para que otros comensales pudieran oírlo, señalando a mi abuelo. Segunda Guerra Mundial. Vio morir a sus amigos.

Cuánto lo siento, señor, dijo el camarero en voz queda. Y gracias por estar allí.

También abandonó a su mujer moribunda. Mi madre hablando todavía en voz alta, la gente mirándonos. Yo tenía catorce años y tuve que cuidar de ella y la vi morir. Bueno, esa parte es menos heroica. Pero opino que a nuestros héroes debemos perdonarles todo, porque vieron morir a sus amigos. ¿Usted qué cree?

La sonrisa del camarero era un rictus, una mueca de dolor. No dijo nada, y en la pequeña zona del restaurante donde estaban nuestra mesa y media docena más se hizo el silencio, un silencio demasiado largo.

Lo siento, dijo mi abuelo. Todo esto me lo merezco.

Otra vez silencio. Pensé que Steve iba a decir algo, que defendería a mi abuelo, pero se quedó callado. Creo que si hubiera dicho algo habría perdido a mi madre para siempre.

Mi abuelo le devolvió la carta al camarero, Steve hizo lo mismo, después mi madre también, y las mesas de alrededor empezaron a hablar de nuevo en voz baja.

¿Y para ti?, me preguntó el camarero. Fue apenas un susurro, y me dio cierta pena.

No puedo comer pescado, dijo. Amo a los peces.

Ah, dijo, y entonces intervino mi abuelo.

Lo siento mucho, Caitlin. Se me había olvidado. ¿Tienen algo en el menú que no sea pescado?

Hay hamburguesa, y también una sencilla pasta a la marinara.

Pasta, por favor, dije, y mi abuelo dijo:

Yo también, en vez del pescado.

Mi madre se cruzó de brazos y bajó la vista.

Lo siento, dijo cuando el camarero se hubo alejado. Me he pasado. He venido aquí para castigarte, y se diría que también a Caitlin, sin darme cuenta siquiera. Pero eso no es propio de mí. No quiero ser así de mala.

Steve le pasó un brazo por los hombros y ella se le arrimó. Estaba empezando a llorar pero procurando hacerlo en silencio. Yo tenía miedo de moverme, de decir algo, y creo que mi abuelo también. Nos quedamos allí sentados y esperamos hasta que ella se secó los ojos y volvió a sentarse bien.

¿Qué tienes pensado estudiar?, preguntó mi abuelo, supongo que para romper el silencio. Pero estuvo bien que fuera él.

Bueno, dijo mi madre. Antes tengo que sacarme el título de graduado escolar. Supongo que habrá cursos especiales para eso. Y luego quizá un par de años de formación profesional, algo que no sea difícil, y los dos últimos años me gustaría esforzarme para pasar a algo mejor. El tema no lo he decidido todavía.

Podremos hacer los deberes juntas, dije yo.

Mi madre sonrió.

Eso sería divertido, cariño. Pero tu mamá es mayor y ha perdido la práctica, o sea que tendrás que darle ánimos. Ahora mismo no me imagino haciendo deberes.

No habíamos tocado el pan, y Steve lo fue pasando y vertió unas gotas de aceite de oliva en cada plato.

El pan blanco más denso que yo había probado nunca. El aceite era verde, nada que ver con el que consumíamos en casa.

Me encanta este aceite, dije.

Nuestra pequeña gourmet, dijo Steve.

Se me acaba de ocurrir que podría ser cocinera, dijo mi madre. Pero luego he pensado que trabajan hasta muy tarde. Y los médicos tienen que visitar un sinfín de residencias y hacen turno de noche. Los abogados también tienen horarios imposibles y cada día es una pelea a muerte. Y estudiar empresariales es el primer paso para acabar siendo un mafioso. ¿Hay alguna profesión que no suponga renunciar a la vida?

Mi horario está bastante bien, dijo Steve. Tienes la oportunidad de elegir. Yo opté por ganar menos y tener más tiempo libre.

Lo principal es no trabajar por horas, dijo mi abuelo. Yo nunca lo conseguí, y siento que tú hayas tenido que aguantar eso durante tantos años. Cualquier sacrificio que hagas para librarte de eso vale la pena, creo yo. La de miles y miles de horas que tuve que tragarme, trabajando con mis manos en un motor. El problema era que mis pensamientos no contaban, y no contaba quién era yo, y el trabajo en sí no tenía ninguna pauta. Una serie interminable de motores que cualquier otro podría haber reparado, nada más. Era como no estar allí físicamente pero verte obligado a estar, y eso que a mí me gusta toquetear motores. Era el hecho de no tener libertad y de no contar para nadie. Así que espero que puedas hacer algo que no te borre como persona.

Gracias, dijo mi madre en voz baja. Es una ayuda. Así ha sido también para mí. Estaba allí, pero como si no estuviera.

Bueno, dijo Steve, el lunes por la mañana no tendrás que ir. Eso ya es mucho.

Sí, dijo mi madre, pero me pareció abrumada y cansada.

Era como un guiñapo en la silla.

Trajeron el cangrejo, en una fuente alargada. Unas patas enormes, blancas y rojas. Mi madre se incorporó.

Es muy grande, dijo Steve.

Y aquí tienen un poco de mantequilla fundida, dijo el camarero dejando en la mesa una copita metálica.

Luego desapareció en un abrir y cerrar de ojos.

Podemos compartirlo, dijo mi madre.

Yo no.

Si no es pescado.

Ya lo sé, pero en el acuario hay. No me gustan tanto como los peces, pero no dejo de pensar en esas patas trepando por el cristal.

Vale, no sigas. Quiero disfrutarlo, dijo mi madre. No quiero imaginarme que lo que estoy comiendo se mueve sin parar.

Eso, no obstante, lo dijo mi madre casi con una sonrisa que nos quitó a todos un peso de encima. Steve, contento, agarró un pata de cangrejo y la partió en dos.

En vez de la mantequilla, usad el aceite de oliva, dijo. Es más sano, y yo diría que sabe muchísimo mejor.

Echó un poco de aceite en su platito del pan, mi madre asintió y Steve le echó un poco en el suyo también, y empezaron a mojar largas tiras de una carne blanca con ribetes rojos. Carne hecha de pequeñas hebras que salían como radios del centro del crustáceo, como si el cangrejo hubiera nacido de una pequeña y repentina explosión de luz, en el lecho del océano, una explosión que hubiera pasado desapercibida. Eso fue lo que yo vi, oscuridad y frío en aguas profundas y cada cangrejo naciendo como de una chispa. Es que no parecían de este mundo, tan estrambóticos eran.

Aquella noche nos acostamos todos temprano. Creo que para evitar la posibilidad de otra discusión. La casa en silencio. Mi abuelo justo al otro lado de la pared de mi cuarto, tan cerca. Las cabezas tal vez a dos palmos de distancia mientras dormíamos. Me pregunté si él lo habría hecho a propósito.

Mi madre y Steve detrás de la otra pared. Yo estaba en medio, a salvo. Me habría gustado que fuéramos como tiburones nodriza o botias payaso, unos encima de otros en una misma habitación, durmiendo apilados, suspendidos en el mismo elemento, sin separación de aire, pero al menos estábamos bajo un solo techo y nuestras habitaciones se tocaban. Solo faltaba Shalini.

Se me hacía muy raro dormir en una casa nueva. Acurrucada bajo la enorme colcha, los ojos cerrados, la cama mucho más blanda que ninguna que yo hubiera probado, podías hundirte en ella, pero yo intentaba palpar los contornos de la casa, tocar cada uno de sus rincones para que se me hiciera familiar. Como los delfines, que cerraban los ojos y se orientaban mediante el sónar en la oscuridad marina, distinguiendo formas y vacíos. ¿Era un sentido como el tacto o la vista?

Y los tiburones, capaces de notar campos electromagnéticos. Cerebros diminutos y prehistóricos, sin sentimientos ni memoria ni pensamientos pero de algún modo conscientes del peso eléctrico de todo ser vivo, incluso el simple movimiento de las agallas de un pez o el latir de su pequeño y sencillo corazón. Yo quería saber eso también, hacer que la oscuridad se iluminara con cada movimiento y cada respiración. Solo podía entenderlo como una especie de visión. Imposible imaginar el contacto de un sentido nuevo.

Yo quería vivir sumergida. El problema era el aire, tan frío y escaso de oxígeno, perdido todo contacto. Shalini me parecía muy lejana, inalcanzable, y también mi madre y mi abuelo. La habitación volvería a ser sólida, sus paredes algo que no se podía traspasar, todas las cosas escondidas, y yo abriría los ojos y no vería más que nimbos de todo aquello que acotaba.

Al final me dormí, y lo que me despertó por la mañana fue el olor a beicon. La habitación fría, pero la colcha suave y cálida, y aquello era perfecto, estar escondida, oliendo el desayuno.

Esperé hasta que mi madre llamó a la puerta, flojito, y luego la abrió despacio y se asomó.

Buenos días, cariño, dijo. Steve ha hecho tortitas.

Mmm, dije.

Mi madre vino a sentarse a mi lado y me apartó los cabellos de la cara.

¿Qué te parece la nueva casa?, preguntó.

Me encanta.

Y a mí. Es diferente vivir en un sitio bonito, mirar esas vigas de madera oscura en el techo. No tenerlo todo barato. No lo sé explicar, pero me siento diferente por dentro, como si un buen suelo y estos muebles pudieran cambiar lo que valgo, el núcleo de mi persona. Ya sé que no debería ser así, pero es lo que siento. Como una especie de calorcillo, o de serenidad, como si fuera más fácil respirar.

Mi madre lejos de su dureza, de su maldad. Yo quería que fuese siempre así, más sosegada y más feliz, pero sabía que la cólera podía resurgir en cualquier momento, sin previo aviso.

El desayuno está servido, anunció Steve.

Mi madre me dio una palmadita en la pierna.

Hora de levantarse, dormilona. Puedes ir en pijama y zapatillas, si quieres.

Me rugía el estómago, así que no tardé nada en levantarme. En el salón hacía calor. Steve, el abuelo y mi madre sentados a la mesa. Habían empezado. Yo tenía que hacer pis y me encantó el cuarto de baño con su inodoro antiguo, con la cisterna en lo alto y una cadena con asa de porcelana para tirar. El suelo también de madera, nada de fea moqueta por ninguna parte, y la bañera con patas. La habitación de mi abuelo era tan pequeña porque el cuarto de baño era muy grande. Un espejo de fantasía y listones de madera hasta media pared.

Tiré de la cadena, me lavé las manos y me miré en el espejo. El pelo tieso de dormir. Cara de sueño, pero también de felicidad. Piel blanca de apariencia muy delgada. De haber sido un pez, habría vivido en una gruta, blanquecino y con grandes ojos no habituados a la luz. Se me transparentaban los huesos. Hinché los carrillos, intenté imaginarme con branquias. La mandíbula casi de la forma adecuada. El pelo tieso podía pasar por una aleta dorsal, aunque un poco torcida. Pero el estómago me seguía rugiendo. Tenía que salir de la cueva para alimentarme.

En mi plato había ya varias tortitas, fresas y beicon.

¡Qué bien!, dije.

Steve sonrió. Le gustaba que elogiaran sus platos.

Esto es un gran paso adelante, dijo mi abuelo. Yo siempre desayuno cereales.

Entonces llamaron a la puerta. Supe que era Shalini. Lancé un grito y corrí. La oí gritar a ella antes incluso de abrir. Nos trabamos en un gran abrazo y nos pusimos a dar saltos.

Disculpen, estaba diciendo su madre. Veo que están desayunando. Llegamos demasiado pronto. Mira que se lo he dicho a Shalini, pero ella ha insistido.

Mi madre, sin embargo, se reía.

Caitlin no nos lo había dicho. Esto ha sido una sorpresa.

No, lo siento mucho, dijo la madre de Shalini. Me la llevo a casa otra vez.

No pasa nada, dijo mi madre. Es gracioso.

Shalini y yo nos abrazábamos y a mí me entró un calor súbito. Sabía que eso no podíamos hacerlo delante de todo el mundo, así que la tomé de la mano y la llevé a mi cuarto.

Ya verás, dije chillando. Es una casa preciosa, y mi cuarto es una pasada.

La hice entrar, cerré la puerta y empezamos a besarnos. Sus mullidos labios amoratados, tan deliciosos. Se los miraba, la besaba, volvía a mirarlos, deseando su boca. Ella se reía. Sus ojos casi negros pero a la vez muy brillantes, un toque de oro en medio de un marrón oscuro como chocolate.

No hago más que pensar en ti, susurró Shalini. No sé qué me has hecho.

No pude dejar de besarla incluso mientras ella hablaba. Sus manos en mi espalda, por debajo del pijama, atrayéndome.

Caitlin. Era mi madre que llamaba a la puerta. No has terminado de desayunar. Y deberías saludar a la madre de Shalini, ¿no te parece?

A lo mejor se van enseguida, dije en voz baja.

Shalini me sonrió, apartó las manos y fue a abrir la puerta.

Es una casa muy bonita, les dijo a nuestras sonrientes madres.

¿Han desayunado?, preguntó Steve. Vamos, vengan las dos a comer tortitas.

Yo tendría que irme, dijo la madre de Shalini. Mi marido ha puesto cara de no entender nada cuando nos hemos marchado.

La madre de Shalini era muy guapa. Y solo con oírla hablar, estaba claro que ella no tenía esa faceta brusca de mi madre. Deseé que se quedara a modo de escudo protector. Mi madre podía decir lo que quisiera delante de Steve y de mi abuelo, y lo mismo delante de Shalini, de eso estaba segura, pero no delante de su madre.

Quédese, por favor, dije.

Me acarició una mejilla.

Qué encanto, dijo. Pero debo irme. Divertíos mucho, y no estéis levantadas toda la noche. Miró a mi madre. No le han dicho que mi hija se quedaba a dormir, ¿verdad?

No, respondió mi madre. Pero no pasa nada.

Mañana las acompañaré yo al colegio, dijo mi abuelo.

Estaba de pie junto a la mesa, las manos apoyadas en la silla. Qué raro debía de parecerle tener la casa llena de gente.

¿Está seguro? Puedo llevarme a Shalini ahora mismo.

No se preocupe, dijo mi madre.

Bueno, entonces me marcho.

Le dio un beso en la mejilla a su hija y salió.

Vaya, dijo Steve. El mejor desayuno que hayan preparado unas manos humanas y se está enfriando.

Qué modesto, dijo mi madre.

Shalini no come beicon, dije. Y yo también me quitaré el mío.

Bueno, más para mí, dijo mi madre, y agarró las bonitas lonchas que Steve había colocado sobre mis tortitas.

Me dio pena verlas desaparecer.

Tú cómete el beicon, dijo Shalini.

Me encantó cómo lo dijo. Aquel tono cantarín dio a la palaba beicon un sonido nuevo.

No, dije yo. Soy budista y adoro al pez dorado.

Shalini se rió.

¿Qué has dicho?, preguntó mi madre, hablando con la boca llena.

Mi abuelo y Steve estaban atacando también sus tortitas, ajetreo de tenedores. Solo Shalini utilizó cuchillo para cortar.

Cuando Steve me contó lo del pez faraón, le dije al señor Gustafson que era budista y que veneraba al pez dorado.

Bonita influencia, dijo mi madre, y le dio con el puño a Steve.

¿Qué pasa?, dijo él. Yo solo le conté mi estancia en Egipto, cuando estuve viviendo en el fondo del río.

Ahora entiendo por qué está tan loca Caitlin, dijo Shalini.

Mi abuelo parecía feliz viéndonos comer y charlar. Cuando me acuerdo de él, suelo pensar en aquel día, porque fue la primera vez que estuvimos todos juntos con Shalini, una mañana maravillosa, llena de paz, sin peleas. Parecía que empezábamos una vida nueva y que duraría así para siempre. Y la inocencia. Ese mismo día iban a pasar cosas horribles, pero en aquel momento todo estaba bien y tranquilo, y a mí no me costaba nada querer a todo el mundo.

Todo empezó cuando Steve propuso cortar un árbol de Navidad. Debería haber sabido que para mi madre eso era demasiado. Ella no quería que mi abuelo disfrutara de una feliz Navidad en familia. Deberíamos haberle dicho todos que no, pero Steve estaba tan entusiasmado…

Correremos como lobos por la nieve, dijo. Yo llevaré la sierra, como un personaje salido de un cuento. He querido hacer esto toda la vida y nunca he podido. Correr por el bosque y cortar un árbol.

¿Es legal?, preguntó mi madre.

Un árbol solo. Y no de los grandes. ¿Quién se va a fijar?

Nunca se sabe.

¿Tú qué dices, Caitlin?, preguntó Steve. ¿Y tú, Shalini? ¿Queréis correr por el bosque como los lobos?

Yo miré a Shalini y nos reímos.

Lo interpretaré como un sí, dijo Steve. ¿Qué opinas, tú, Bob?, le preguntó a mi abuelo.

De acuerdo, dijo. Estaba sonriendo. No me importa meterme en un pequeño lío.

Esto era ya al final del desayuno, todos con la tripa llena y recostados en la silla. Mi abuelo cruzado de brazos. Llevaba un jersey marrón y pestañeaba.

Pues yo no sé, dijo mi madre. Cogió una fresa que quedaba. Supongo que si voy a pasar la noche en la cárcel, al menos no tendré que ir a trabajar a primera hora.

Has dado en el clavo, dijo Steve. Pues nada, decidido.

Se levantó de un salto y empezó a recoger platos.

Jarabe de arce pringándolo todo, y a mí me entraron ganas de besar a Shalini con labios de melaza.

Mi primer árbol de Navidad, dijo ella. Hoy seré más americana.

¿Cuánto tiempo lleváis aquí?, le preguntó mi abuelo.

Seis meses.

¿Y cómo hablas tan bien inglés con solo seis meses?

En el colegio nos enseñaban inglés. Yo soy de Delhi. Aquello era inglés británico, por eso tengo un poquito de acento. Pero ahora solo enseñan inglés americano en todas partes.

Qué sofisticados.

Sí. Yo procuro serlo.

El abuelo se rió.

Bueno, cualquier amiga de Caitlin es amiga mía.

La cara de mi madre hablaba por sí sola. Mi abuelo debería haber tenido más cuidado.

Me levanté para ayudar a recoger.

¿Qué tal se vive en Delhi?, preguntó mi abuelo.

Teníamos una casa grande, con muchas habitaciones, y un montón de gente ocupándose de la cocina y la limpieza. Y yo tenía tutores. La ciudad es enorme, había muchísimas cosas.

Es extraño que os marcharais.

Sí.

Necesitaremos botas y pantalones para la nieve, dijo Steve.

Pues nosotras no tenemos, dijo mi madre. Solo pantalones baratos para la lluvia, de esos que te pones encima de los normales. Y botas de goma, pero nada más.

Servirán. No vamos a estar mucho tiempo en la nieve. Poneos unos buenos calcetines, dos pares.

Yo no tengo botas, dijo Shalini. Lo siento.

Es un lugar muy diferente, dijo mi abuelo. Pero parece que allí en la India teníais de todo, que tu familia vivía holgadamente.

Sí.

Allí hay un sistema de clases.

De castas, sí.

Pongámonos en marcha, dijo Steve. He de pasar un momento por casa para recoger la sierra y mis botas y demás. Después iremos en mi camioneta y uno de los coches.

Shalini no tiene botas, dije yo.

Conseguiremos unas cuando salgamos, dijo Steve. Botas de goma normales.

¿De qué casta era tu familia?, preguntó mi abuelo.

Khatri, dijo Shalini.

¿Y esa cuál es?

La clase dirigente, supongo. Mi bisabuelo fue wazir.

¿Wazir?

El consejero del rey. La segunda persona más importante.

Madre mía. Entonces tú eres de la realeza, o la aristocracia, o la nobleza…

Shalini rió.

Qué va. Ahora solo somos norteamericanos.

¿Y qué tal era?, preguntó mi abuelo. Me refiero a formar parte de esa casta.

Santo cielo, dijo mi madre. De repente estás ávido de conocimientos. Quieres saberlo todo sobre el mundo, que Shalini te cuente la vida y milagros de ella y de sus padres.

Lo siento, dijo mi abuelo. Es simple curiosidad. Me gustaría saber cómo viven los que no tienen que ganarse la vida trabajando.

Mi padre trabaja, dijo Shalini. Mi familia perdió todas las tierras que tenía.

¿Y eso?, preguntó mi abuelo.

Esto es el colmo, dijo mi madre. Te importa un carajo tu propia hija y ahora es imprescindible que sepas la historia de las últimas diez generaciones de la familia de Shalini.

Perdona, Shalini, dijo mi abuelo. Es culpa mía. No estuve aquí cuando debía, es verdad.

Si solo fuera eso, dijo mi madre. Es que te sigo importando una mierda. Te gusta ver a Caitlin y a su amiguita porque, a ver, ¿qué críticas pueden hacerte dos niñas de doce años? Eres el perfecto Papá Noel.

No es eso.

¿Ah, no?

Claro que quiero saber cosas de tu vida, Sheri. Quiero saberlo todo. Es que me da miedo preguntar.

Corta el rollo. El pobre abuelito tiene que andarse con pies de plomo con la malvada de su hija.

Mamá, por favor, dije.

Lo que faltaba. Tú siempre tienes que meter la nariz, ¿no?

Es verdad que quiero saberlo, dijo el abuelo. Quiero que me lo cuentes todo. Que vayan los otros a cortar el árbol y tú y yo nos quedamos aquí y me cuentas todo lo que haya que contar.

No es así de fácil. ¿Crees que puedo vomitar mi vida en un solo día? Sería de agradecer una pregunta de vez en cuando, un simple indicio de interés por tu parte mientras continúas interrogando a los demás.

Mi madre había perdido fuelle. Estábamos todos mirando al suelo. Silencio absoluto, nadie se movía. Yo lo sentía mucho por Shalini, pero era un momento en el que no podía hacer nada.

Sonaba el tictac de un reloj. Es un sonido que nunca me ha gustado. Tan tenso y a la vez tan vacío, sin alma, desangelado. Me pareció imposible que mi madre llegara a perdonar a mi abuelo.

Cuando por fin tuvimos la sierra y las botas y los pantalones para lluvia, tomamos la interestatal 90 en dirección este y atravesamos Mercer Island rumbo a la nada. Mi madre y Steve en la camioneta, Shalini y yo con mi abuelo en su pequeño coche de alquiler. El cielo un vacío blanco, nubes rasantes, nieve cayendo sin viento, luego despejado, luego otra vez nieve. El sonido del coche y nada más.

El monte Rainier en algún punto a nuestra derecha, al sur, pero invisible, el monte Baker a la izquierda. Más adelante un desierto. Yo nunca había estado allí y era difícil de creer, pero no muy lejos, en cosa de ciento cincuenta kilómetros, la lluvia y los árboles terminaban y de golpe era desierto. Tenía ganas de llegar.

Por culpa de los cinturones de seguridad, Shalini y yo íbamos separadas en el asiento de atrás, pero por debajo nos dábamos la mano. Yo tenía miedo de que Shalini no quisiera venir más después de tantas discusiones. ¿Quién iba a querer repetir con mi familia?

¿Has estado en el desierto?, le pregunté a mi abuelo.

No había abierto la boca desde que nos habíamos puesto en marcha. Me extrañaba.

Sí, dijo con voz de cansado. ¿Y tú?

No. Nunca vamos de excursión en coche. No conozco Canadá ni Oregón ni Montana. Ni siquiera he estado en las islas.

Bueno, pues eso hay que solucionarlo.

Después se quedó callado otra vez. Sonido del motor y de los neumáticos, Shalini cogiéndome la mano pero mirando hacia el páramo por la ventanilla de su lado. El coche frío. Mi abuelo no había puesto la calefacción. Yo iba muy abrigada, pero notaba la nariz y las orejas frías.

¿Cómo es el desierto?

Mi abuelo suspiró y luego hizo un gesto vago con la mano.

Pues es... como la luna. Dejas atrás el bosque y en cuestión de kilómetro y medio ya estás en la luna, como si hubieran partido dos planetas en dos y luego los hubieran pegado. De repente no hay un solo árbol. Perdona, no tengo muchas ganas de hablar.

¿Por qué?

Tu madre nunca dejará de odiarme. Es lo que pienso ahora. No creo que esto cambie. Supongo que quise creer que solo necesitaba tiempo, pero ya no lo creo.

Ella no te odia.

Todo lo que nos pasa, desde la primera hasta la última cosa, deja una marca, una abolladura, y esa marca no se borra jamás. Somos como chatarra andante.

Apreté la mano de Shalini y ella hizo lo mismo y apartó la vista, asustada y triste. En mi familia podía pasar de todo, no había límite.

Árboles como fantasmas surgidos del paisaje blanco, tan quietos y erguidos, esperando en el silencio todos ellos, a centenares, sin apenas espacio entre uno y otro, un bosque frío y abandonado. Mi abuelo fue dejando atrás pequeñas carreteras sin asfaltar que iban hacia parques y lagos hasta que la cuesta nos llevó a una zona de roca negra pelada que desaparecía entre nubes. El bosque más elevado, y parecía que podíamos seguir eternamente para acabar extraviándonos y que eso podía ser bueno, pero al final Steve se arrimó al arcén, donde había unos árboles cerca, y salimos todos a la fría intemperie.

Este bosque no me gusta, dije.

Steve asintió.

Frosty debe de vivir por aquí, dijo. No llevará una bonita bufanda y un gorro, solo nieve y una nariz de palo y ojos hechos con piedras, y puede que ahora esté escondido detrás de los árboles, vigilando, con otros hombres de las nieves como él.

Basta, dijo mi madre. Conseguirás que se asusten.

Pero Steve vino y nos cogió la mano a Shalini y a mí.

Si veis algo, dijo en voz baja, echad a correr.

Miré a mi amiga. Estábamos las dos aterrorizadas. Entonces Steve se echó a reír.

Tranquilas. El hombre de las nieves no puede correr mucho, ¿verdad?

Agarró una sierra larga de grandes dientes y se adentró en la espesura. Era como un personaje de cuento, la bufanda marrón alrededor del cuello, chaqueta y pantalón marrones, el mismo color que lana hilada en una aldea de casitas hechas de troncos. Lumbre en cada hogar para ahuyentar a las alimañas, las casas encaradas entre sí y formando un estrecho círculo, y aquel hombre alejándose de allí en solitario.

Pero mi madre le siguió, a continuación mi abuelo, y Shalini y yo teníamos tanto miedo que no quisimos quedarnos solas, los árboles se nos tragaron también a las dos.

La mano de Shalini apretando la mía. Su cara descolorida por el frío, color ceniza, como si penetrar en el bosque le pusiera a uno la sangre de horchata. Yo buscaba a los hombres de las nieves, entre los troncos, detrás de cada ventisquero. Ojillos negros y nariz de palo lo único que podríamos ver, su silueta perdida en el mar de blanco. Ojos y nariz suficientes para imaginarse la maldad, lo fundamental de una cara.

Chasquido de nuestras botas de goma sobre la nieve, un ruido fuerte, los pondría a todos en alerta. Los vi zigzaguear entre árboles, más deprisa que cualquier ser provisto de sangre, y se me ocurrió que quizá podían oír la sangre, oír nuestros latidos, anhelaban el calor, lo necesitaban, y nos arrancarían el corazón todavía latiendo.

Solté un grito y corrí. Shalini gritó también y nos lanzamos en tromba por la nieve, cogidas aún de la mano, apartando ramas, trastabillando, levantándonos, el cielo igual que la nieve, tan blanco y cegador, y cada árbol ocultando algo y éramos incapaces de correr más que nuestros pies.

Caímos en un hoyo profundo al pie de un gran árbol, sepultadas en nieve hasta más arriba de la cintura. Atrapadas y lloriqueando de miedo, ya sin gritar, abrazadas la una a la otra y mirando en todas direcciones, temiendo ver aparecer a los hombres de las nieves. Irrumpirían igual que los tiburones, invisibles en su blanco elemento, sombras y fantasmas que sentiríamos moverse y percibir nuestros humanos latidos, y uno quiere creer que son seres imaginarios pero de repente es demasiado tarde y te devoran.

Fue como caer en una trampa. Intenté escalar pero no había donde agarrarse, solo nieve, y no hacía más que resbalar.

No podremos salir de aquí, susurré, muerta de miedo. Estamos enterradas.

Shalini peleándose también con la nieve, pero llevábamos botas baratas de goma que resbalaban, igual que los pantalones impermeables. No sabíamos qué hacer.

¡Caitlin! Era la voz de mi madre, pero me llegó lejana y amortiguada, y el tono parecía raro.

Tu madre, dijo Shalini.

Puede que no haya sido ella, dije. Igual es una treta.

Shalini parecía tan asustada como yo. Aguzamos el oído y nos llegaron otras voces, podían ser las de mi abuelo y Steve, o quizá no. Narices de palo y ojos sin alma, la propia nieve cobrando vida y al acecho, enviando voces al bosque a modo de cebo.

No contestes, dijo Shalini, tan bajo que casi no fue ni susurro. No contestes, Caitlin.

Nos agarramos la una a la otra e intentamos ser silenciosas e invisibles, ateridas de frío, la nieve casi a la altura de los hombros. Entumecimiento en las piernas, el frío una especie de peso que se apoderaba de la carne. Como una tela de araña, aquel hoyo, y el frío un veneno, lento, los hombres de las nieves aproximando sus dedos, unos dedos que solo podías sentir, el sordo reconocimiento de que no había nada que hacer. La sangre enfriándose en nuestros cuerpos, pronto dejaría de correr y solo los ojos seguirían moviéndose, incluso con el corazón parado, a fin de verlos cuando vinieran a por nosotras.

¡Caitlin!, oí.

Era una voz irreal, no podía ser la de mi madre. Esa era la voz que yo quería, voz de preocupación, de querer que no me pasara nada, voz desesperada de amor. Una voz señuelo, y no respondí. Sabía que era imposible.

¡Caitlin!

Como si yo fuera lo único que importaba, y eso es lo que pasa con la nieve, el resto del mundo se entumece y difumina hasta que solo queda uno mismo.

La voz de mi abuelo también, pero más aguda y forzada, impropia de él, timbre casi de mujer, una voz vieja, o el estridor de unas ramitas entrechocando por el viento. Los árboles en connivencia con los hombres de las nieves. Shalini y yo pegadas al árbol grande, una corteza rugosa, compartiendo nuestro último calor, pero las desnudas ramas bajas formaban una delgada jaula a nuestro alrededor. Curvilíneas varas quebradizas, pero había muchas.

Y entonces oímos pisadas, pasos veloces, los hombres de las nieves con patas como los lobos para avanzar deprisa, mitad elemento, mitad bestia, agua y aire fusionados en sangre, saltando sobre nosotras desde todas las direcciones, y Shalini y yo nos encogimos hasta quedar con la cara pegada a la nieve, casi ocultas por completo, era nuestra única esperanza, que no nos vieran, pero entonces apareció Steve jadeando de mala manera y se dejó caer de rodillas.

¡Están aquí! ¡Las he encontrado!, chilló.

Tumbándose boca abajo en la nieve, se aproximó lo suficiente para que alcanzáramos la mano que nos tendía.

Caitlin, dijo. Agárrate. Y date prisa. No quiero que lo vea tu madre porque me mata.

Primero Shalini, dije.

Vale. Pues Shalini.

Noté que Shalini temblaba de frío y de miedo. Me separé de ella mientras Steve la sacaba del hoyo. Había perdido una bota. Me metí en la nieve para buscarla, extraviada allí dentro, granos duros rozándome las mejillas.

Oía que Steve estaba diciendo algo, pero la voz llegaba amortiguada. Encontré la bota, me enderecé y pude respirar y oír bien otra vez.

Cógeme la mano, dijo él, y me fue sacando de allí.

Una vez fuera las dos, Steve le calzó la bota a Shalini, nos agarró de la mano y escapamos corriendo para que mi madre no pudiera ver aquello.

¡Estamos aquí!, gritaba Steve.

El bosque todavía extraño. Como un sueño del que no logras despertar, y creo que los cuentos de hadas están siempre ahí, esperándonos, que en cualquier momento podemos vernos en un bosque con lobos y voces que seducen y creer en el mundo de las sombras. La encarnación de todo aquello que tememos, la liberación de cuantos dibujos y formas se ocultan en su interior.

Mi madre casi aplastándome al abrazarme, la respiración rápida y entrecortada.

¿Has perdido la cabeza? Eso no se puede hacer. No puedes echar a correr por la nieve así como así.

No le veía la cara, podría haber sido otra persona. ¿Cómo aprendemos a fiarnos de algo?

Steve solo estaba haciendo el idiota, cariño. No existen los hombres de las nieves. Ven, Shalini, dijo, y Shalini se incorporó al abrazo, las tres allí de pie mientras Steve y el abuelo aguardaban a cierta distancia, ambos probablemente asustados.

Lo siento, dijo Steve. Pensaba que sería gracioso. No sabía que te lo ibas a creer. Frosty en plan payaso malvado. Cuando solo es Frosty el muñeco de nieve.

Basta, dijo mi madre.

Me parece que la nariz es un botón, ni siquiera un palo.

Imaginé monstruos otra vez, narices de palo y algunos con ojos que eran botones en lugar de piedras, más grandes y negros y brillantes.

Joder, dijo mi madre. Corta el rollo de una puta vez.

Si solo intento decir que no da miedo... Con sus manos de palo asomando como para decir hola qué tal. Aquí Steve rió. Vale, perdona. Me he pasado. Pero es que no puedo parar. A ver si no es gracioso que hayan echado a correr por los hombres de las nieves.

Caray, dijo mi madre, soltándonos a Shalini y a mí. Y te sigue pareciendo gracioso.

Perdona, dijo él, pero se le escapaba la risa. Hay hombres de las nieves que tienen dos cabezas y a veces una se les cae y va rodando como una pelota.

No se me ha ocurrido seguir sus huellas, dijo mi madre. Imagínate si estaba asustada. Me he puesto a correr sin ton ni son. Y después de un rato corriendo en círculo como una imbécil, ¿dónde están las huellas? Un poco más y las pierdo.

Pero no ha sido así.

Ya, claro, mi hija y su amiguita no se han muerto, o sea que viva la vida.

Sheri. Tampoco te pases. Están bien, y después se reirán al recordarlo.

Ja, ja, dijo mi madre. Volvemos a casa.

Deja que corte un árbol.

Están tiritando. Date prisa.

Steve miró hacia los árboles, todos demasiado grandes, un bosque viejo.

Probemos junto a la carretera, dijo. Allí creo que los hay más pequeños.

Mi madre hizo un gesto de rendición y volvimos a la carretera. Yo seguía mirando a mi alrededor, ahora buscando no solo cuerpos enteros sino también cabezas sueltas, grandes bolas de nieve que al rodar dejarían ver una cara.

Mi abuelo en cabeza enfundado en un viejo chaquetón militar de lana, color guisante, y un gorro con orejeras. Una silueta grande caminando por la nieve, abriendo camino, una especie de guardián que nos preservaba.

Se me había metido nieve dentro de las botas, notaba el tacto helado y duro en las pantorrillas.

Nunca había estado tan lejos de casa, dije.

No me lo puedo creer, dijo Shalini.

En serio. Nunca he ido a ningún lado. Esto es lo más lejos.

Resulta embarazoso, dijo mi madre. Para mí. No vuelvas a decirle eso a nadie. Además, ahora viajaremos.

¿De verdad no has salido nunca de aquí?, preguntó Shalini.

De verdad.

Hay muchas cosas que ver. Nosotros tenemos parientes en Ginebra, en Nairobi, en Connecticut y en Sidney. Son sitios muy diferentes. Mi madre habla cinco idiomas.

Pues ahora estás con un hatajo de paletos, dijo mi madre. Bienvenida a Norteamérica, donde con una lengua nos apañamos. Siento decepcionarte. Te puedo asegurar que yo no sé nada del mundo exterior. No he salido de aquí, no he hecho más que trabajar toda mi vida. Nunca he hecho planes con más de una semana de antelación.

Espero que un día puedas ver Europa, dijo mi abuelo, girando un momento la cabeza. Yo debería haber vuelto, en tiempos de paz. Sé que Europa ha cambiado, pero me gustaría volver.

Vaya, dijo mi madre.

¿Qué pasó al morir ella?, preguntó mi abuelo. ¿Qué pasó justo después? ¿Cuántos años tenías y adónde fuiste a vivir? Sé que no tengo ningún derecho, pero no sabes la de veces que he pensado en ello. Si todavía eras menor de dieciocho años, ¿qué hiciste para sobrevivir? Y en cuanto a ella, ¿hubo funeral? ¿Quedaba dinero para un funeral?

Mi abuelo se había detenido y ahora estaba mirando a mi madre, allí de pie bajo la nieve y con los brazos colgando. Mi madre se detuvo también.

No mereces que te cuente nada de esa época.

Pero esta mañana has dicho que querías que te preguntara. De camino venía pensando que no había nada que hacer, que nunca me perdonarías. Y luego me he dado cuenta de que lo único que me pedías era que mostrara un cierto interés por ti. Sheri, tú siempre serás la persona a quien más quiera en este mundo. Te fallé, te abandoné, pero seguí queriéndote y pensando en ti cada día. Y necesito saber lo mal que lo pasaste. Necesito saber lo malo que fui. Saber cómo terminó aquello, si no siempre imaginaré lo peor.

Es que fue peor. Peor de lo que tú te imaginas.

Entonces cuéntamelo. Necesito saber.

No tengo por qué hacerlo.

Ya lo sé, pero cuéntamelo. Démonos una oportunidad. ¿Cómo podremos llevarnos bien si lo más importante es un secreto?

Mi madre miró hacia donde Steve estaba trepando a un árbol con la sierra. Un árbol no demasiado grande, de unos siete u ocho metros, todo él vibrando a medida que Steve subía hacia arriba. Ramas moviéndose al unísono como anémonas de mar en la corriente.

No puedo, dijo mi madre. Porque cuando murió, no fue en el hospital. No había a quien acudir. Ella en su cama, yo con dieciséis años, y no teníamos dinero.

Cuéntamelo.

Tú no estabas. Eso es lo más importante.

Lo sé.

Y entonces no teníamos teléfono. Ni luz eléctrica. Y no habíamos pagado el alquiler y no había ni un dólar en la casa.

¿Y qué hiciste?

La dejé allí, en su cama, sin más.

¿Cuánto tiempo?

No sé. Mucho. Cuatro o cinco días, creo. No puedo decir estas cosas delante de Caitlin.

¿Qué hiciste después de esos cuatro o cinco días? ¿Avisaste a alguien, o vino alguien a casa?

No vino nadie. Habíamos caído muy bajo. No pagábamos el alquiler, pero a nadie le importaba porque era una pocilga de casa. Y hacía frío, nieve y más nieve. Quizá fue por eso por lo que no vino nadie. Pero la casa no tenía estufas ni calefacción, o sea que ella no olía peor de lo que olía antes. Podría haberse quedado donde estaba todo el invierno. Lo pensé, pensé en marcharme y dejarla allí. Hacer autostop y largarme a cualquier parte.

¿Por qué no lo hiciste?

No lo sé.

Oímos un chasquido fuerte y miramos todos hacia el árbol. Steve agarrado al tronco, y la parte de más arriba desprendiéndose en lenta y acolchonada caída para aterrizar espolvoreada de blanco, y lo que quedaba del árbol expuesto ahora al firmamento.

No hace falta que corráis a ayudarme, chilló Steve. Si lo necesito pediré ayuda a los hombres de las nieves.

Me puse a bailar, dijo mi madre. Esa es la parte que te interesaba. Pude comprar comida y pagar el alquiler y que me conectaran otra vez la luz eléctrica.

¿A bailar?

Sí, en ese club de striptease que había cerca, al pie de la carretera. Don's. Es lo que querías saber, ¿no? Hasta dónde caí de bajo...

No, Sheri. Te equivocas. Quiero saber porque me importas, porque lo siento, porque la culpa es toda mía y debo compensarte de alguna forma.

No hay compensación posible. Yo tenía dieciséis años y enseñaba el coño a camioneros. ¿Cómo puedes compensarme por algo así?

Mi abuelo se quedó donde estaba, una mueca horrible en la cara, los ojos cerrados. Los brazos pegados al cuerpo como si quisiera abrazarse, pero las manos como dos garras. Nos lo quedamos mirando, la imagen del sufrimiento. Esperando allí los cuatro, ¿esperando qué? ¿Había algo que pudiera ayudarnos? Oímos a Steve arrastrar su medio árbol por la nieve.

Ya podemos irnos, dijo.

Shalini y yo fuimos otra vez en el coche de mi abuelo, detrás de Steve y mi madre y el árbol de Navidad. El árbol sobresalía de la caja de la camioneta y se movía como el pelo de algunos animales. Nevaba con más fuerza, el mundo un universo blanco que pasaba a gran velocidad, los copos describiendo una curva en su caída y atraídos por nuestro parabrisas como si fuéramos un imán, como si hubiéramos adquirido un peso descomunal, inverosímil.

Mi abuelo iba callado. Shalini tampco hablaba, iba mirando por la ventana de su lado. Yo me encontraba lejos de los dos, tiritando y mojada, mucho frío en los pies y las manos y la cara. Cerré los ojos y remetí la barbilla en mi chaqueta, intenté disminuir de tamaño, como un papel cuando lo estrujas.

Mi madre bailando. No me veía capaz de creerlo. Quise volver a cuando aún no lo sabía. Desnuda delante de camioneros, agarrada a una barra, hombres arrojándole dinero como en las películas para mayores de dieciocho. ¿Se acostaba también con ellos? Eran demasiadas cosas para asimilarlas siquiera, y lo que me asustaba era el riesgo que eso le supuso, la vulnerabilidad, saber que mi madre había corrido peligro, y temer por mí misma pese a que la vulnerable no era yo. Aparte de eso, vergüenza. Curioso que la vergüenza pase tan fácilmente de una persona a otra. Me sentí sucia, me dio apuro que Shalini pudiera verme ahora.

Y mi abuela yaciendo cuatro o cinco días en su cama, muerta. Eso también era demasiado. Todo aquello era demasiado. ¿Y qué pasó después? ¿Llegó a haber funeral? ¿La enterraron?

El trayecto se me hacía largo y nadie decía una palabra. Cuando por fin llegamos, mi abuelo apagó el motor y se quedó con las manos en el volante, mirando fijo al frente, como si hubiéramos entrado en otro tipo de ruta y él fuera la avanzadilla del convoy. Pero luego la cabeza le venció y se fue inclinando hasta quedar derrumbado sobre el volante.

Mi abuelo llorando flojito, apenas se le oía, sollozos disimulados, la espalda a sacudidas. Abrí la puerta de mi lado, me apeé y luego rodeé el coche para abrirle la puerta a Shalini y que pudiera escapar. No me miró al bajar del coche. Fuimos hasta el porche y nos quedamos allí a la espera, heladas de frío. Mi madre y Steve dentro de la camioneta, hablando.

Lo siento, le dije a Shalini.

No me gusta, dijo ella, pero no es culpa tuya. Oye, estoy muerta de frío. Me daría un baño caliente. ¿Tienes llave de la casa?

No.

La estreché entre mis brazos en un intento de hacerla entrar en calor. Ella apoyó la frente en mi hombro. Ahora hacía viento, no muy fuerte pero sí helado. La nieve se colaba bajo la pequeña marquesina. Un cuento de hadas en pausa, la puerta de la casita sin llegar a abrirse. Los personajes desaparecidos, en otro sitio, otra historia. Caperucita Roja ante las casas de los Tres Cerditos. Un lobo rondando por allí, pero no el de verdad, y los cerditos están dormidos y no la oyen llamar, o puede que quien duerme ahora en las casas sean los Tres Ositos. Nunca sabemos lo que nos va a ocurrir, la vida es amorfa.

De modo que esperamos en el porche, Shalini y yo, ateridas de frío, mientras otras dos historias se desarrollaban sin nosotras, mi abuelo en su coche reconociendo por fin el precio de su abandono, llorando muertes de años atrás, y mi madre en el coche de Steve. ¿De qué estaban hablando?, ¿de los hombres de las nieves, del pasado, de otra cosa?

Se habían olvidado de nosotras, y el frío es algo que siempre va a más, nuestras prendas perdiendo grosor. A Shalini le castañeteaban los dientes. La solté, bajé corriendo los escalones y me planté ante la puerta del lado de Steve.

¡Estamos congeladas!, grité, aporreándola.

Steve abrió la puerta y luego lo hizo mi abuelo también.

Perdona, Caitlin, dijo. Lo siento. Olvidaba que soy el único que tiene llave.

Los ojos hinchados y rojos y húmedos. Se apresuró a abrirnos la puerta y yo me llevé a Shalini al cuarto de baño, abrí el grifo de la bañera y también el del agua caliente del lavabo, para ver si nos reaccionaban las manos.

No pongas el agua demasiado caliente, dijo mi madre. Debes tener cuidado. Empieza con tibia.

Lo que imaginé fue que las manos me podían estallar como si fueran de cristal, y esa sensación tuve en los dedos al contacto con el agua caliente, agujas y esquirlas que al desprenderse pinchaban las paredes interiores de mis venas y obstaculizaban el flujo sanguíneo.

Qué daño, dijo Shalini.

Dura poco, le dije yo. Pero será peor en los pies. Yo no noto los dedos.

Buena idea has tenido, le dijo mi madre a Steve, pero dudo que él lo oyera.

Resoplaba y bufaba y estaba casi tirando la casa abajo al meter el árbol. Había crecido durante el trayecto desde el bosque, ahora era enorme. Mi abuelo allí de pie, impotente, todavía con el gabán puesto. Viendo cómo le hacían polvo el suelo y las paredes.

Mi madre probó el agua de la bañera y luego empezó a quitarnos la ropa, botas y chaquetas y pantalones, y luego lo pensó bien y cerró la puerta para que no nos vieran Steve y el abuelo. El aire caldeado, lleno de vapor, y a mí me fue entrando sueño. Me encantó dejarme desnudar por mi madre, levantar los brazos y que ella me quitara la camiseta. Hacía mucho tiempo desde la última vez.

Cuando me bajó el pantalón y las bragas, levanté los pies para acabar de quitármelas y me quedé mirando cómo desvestía a Shalini. Aquella piel tan bonita, su melena negra. El pequeño triángulo de vello. Me miré yo el mío, que había aparecido recientemente. De color tan claro que apenas si se veía, como el vello de los brazos, que solo se me notaba en verano cuando la piel se me ponía morena y los pelos muy rubios y todos curvados de la misma manera.

Una vez en la bañera, noté que los dedos de los pies se me astillaban. Por la cara que ponía Shalini, deduje que a ella le pasaba lo mismo.

Sentaos las dos, dijo mi madre. Tenéis cara de mareadas.

Aquella bañera enorme con patas, una gran cascada de agua, y al sentarnos, el agua que me quemaba los pies la noté fría entre las piernas.

Está fría, dije.

Enseguida lo arreglo, pero despacio, dijo mi madre, y ajustó la temperatura, probó, ajustó de nuevo, mientras nuestros pies volvían a la vida. Si lo haces demasiado rápido te salen sabañones, dijo. No hay que correr, con el agua muy caliente.

¿Qué son sabañones?, preguntó Shalini.

No sé, dijo mi madre. Pero te pueden salir si no lo haces así. Y duelen mucho.

Shalini abrazada a sí misma como si todavía estuviéramos en el porche, hasta que el agua alcanzó la altura y la temperatura suficientes como para que se relajara. Mi madre inclinada sobre la bañera entre Shalini y yo, removiendo el agua, y las dos desnudas y mirándonos, a la espera de que nos dejara a solas. La mirada de Shalini.

Mi madre tardó una eternidad en marcharse y cerrar la puerta, y por fin nos encontramos en el centro de la bañera, rodillas contra rodillas bajo el agua, y nos dimos el más suave de los besos. Las caras húmedas del vapor, el pelo pegado a las mejillas. Noté cómo la espina dorsal parecía desencajarse de mi espalda haciendo que toda yo me enroscara. Qué sedosos eran sus labios, no me lo podía creer, me paseé por ellos, cerrando los ojos, y creí estar en el paraíso.

¿Has encontrado el champú?, preguntó mi madre al entrar.

Aparté bruscamente los brazos, que tenía alrededor de Shalini, un movimiento veloz de miedo y vergüenza, pero no lo bastante rápido.

¿Qué estáis haciendo?

La voz de mi madre apenas un susurro.

Me quedé muda. Ella con un gesto de repugnancia. Jamás lo olvidaré. Seré incapaz de olvidarlo, y no estoy segura de que llegue a perdonárselo.

Shalini se había hundido en el agua, escondiéndose, pero yo permanecí erguida sobre las rodillas sin dar crédito a la cara que ponía mi madre, ningún indicio de amor, solo repugnancia, mirándome como si yo fuera basura.

No, dijo. No. Esto sí que no me lo puedes hacer.

¿Qué ocurre?, preguntó mi abuelo, y entonces asomó la cabeza y yo me cubrí el pecho con los brazos y bajé el cuerpo. ¿Qué ha pasado?

Tú no te metas, dijo mi madre.

Pero ¿qué ocurre?

La boca de mi madre abierta, un gesto despiadado, y yo no deseaba quererla menos por ello, pero eso fue lo que ocurrió a partir de entonces. Algo que yo sentía por mi madre se extinguió en aquel mismo instante. Fue tan rápido que todavía sigo sin entenderlo.

Tienes que decírmelo, insistió mi abuelo, levantando la voz. ¿Qué demonios pasa aquí?

Estaban besándose. Se estaban dando el lote en la bañera.

¿En serio?, preguntó Steve.

Mi madre descargó su cólera contra él.

No hagas como que te interesa, porque no me verás el pelo nunca más.

Joder, dijo Steve, y dio media vuelta.

Pensaba que alguien se había hecho daño, dijo mi abuelo. Pensaba que había pasado algo horrible.

¿Y no es horrible que tu nieta se esté volviendo tortillera?

Sheri, cálmate un poco. Caitlin y Shalini son buenas chicas. Si se han besado, quizá es que están un poco confusas, pero no han hecho nada malo.

No quiero tener por hija a una chupacoños. Shalini, saca el culo de la bañera ahora mismo. Te vas a casa, y a Caitlin no la verás más.

¡Sheri!, gritó mi abuelo, y por primera vez le vi como el padre que era.

Pero ella hizo caso omiso. Se acercó a la bañera, agarró a Shalini del pelo y la hizo salir de mala manera, chorreando y desnuda, forcejeando para librarse de mi madre.

¡Basta!, grité, y salí de la bañera, pero caí sobre el suelo resbaladizo y no llegué a tiempo.

Estaban los tres en el umbral, mi madre intentando pasar y tirando de Shalini, mi abuelo obstruyendo el paso como si aquel umbral fuera el preludio de algo importante, la verja que debía ser guardada. Había agarrado a mi madre por los hombros pero ella lo empujó hacia la sala de estar.

Esta violencia tiene que terminar, Sheri. Eres violenta, y eso no está bien.

Ya te enseñaré yo violencia, dijo ella, y le propinó un directo con el puño derecho.

Oí algo, y él se encogió, alcanzado justo en el corazón. Mi abuelo la soltó, retrocedió unos pasos y luego se sentó sin más en el suelo, derrumbado. Tenía la boca abierta, no podía respirar.

Yo no sabía hacia quién correr, si hacia mi abuelo en el suelo o hacia Shalini agarrada del pelo por mi madre. Shalini llorando y mojada y desnuda, vulnerable, de modo que me lancé hacia el brazo de mi madre y le hinqué los dientes hasta traspasar la camisa y llegar a la carne. Ahora me parece una bestialidad, pero todo lo de aquel día fue una barbaridad. Además, ¿cómo si no iba a hacer que soltara a Shalini? Yo no tenía fuerza para intentarlo de otra manera.

Mi madre entonces me pegó, un bofetón en plena cara. Oí como si algo reventara en mi cabeza y todo se apagó, y luego caí de espaldas al suelo pero no perdí el conocimiento. Vi que mi madre la soltaba y venía hacia mí, me tocaba, su rostro muy cerca del mío, lo siento, pero Shalini la apartó de un codazo y me agarró la cabeza con ambas manos y me besó.

¿Cómo se recupera uno de un día así? Mi abuelo en el suelo pugnando por respirar, Shalini y yo desnudas y mojadas y lastimadas, mi madre que se había arrastrado hasta su rincón, Steve escondido. ¿Cómo vuelve uno a juntar a una familia?, ¿cómo logra perdonar?

Caitlin, dijo mi madre. Mi pequeña. Perdona.

Estaba acurrucada contra la pared en un extremo del sofá, la cara en las manos, escondiendo la boca. Manos que eran puños, como el púgil defendiéndose. Su aspecto tan animal que el hecho de que pudiera hablar no encajaba con ella. Yo la miraba como a un ejemplar del zoológico recién sacado de la jaula, distante.

Mi abuelo con el torso inclinado hacia atrás y apoyado en las manos, como si estuviera descansando en la hierba o en la playa, pero con los ojos cerrados y un gesto de dolor en la boca.

Creo que no ha sido un infarto, dijo. Me parece que estoy bien.

Alguien tenía que ayudarnos, a todos nosotros. Alguien tenía que ayudar a mi abuelo a levantarse, echar un vistazo a mi cara, secar a Shalini y hacer que se vistiera, ocuparse de alguna forma de mi madre. Pero Steve se había esfumado. Debía de estar escondido todavía en la cocina, o en alguna habitación, desaparecido, y no había nadie más.

Yo tenía la cara hinchada, pero curiosamente no notaba nada roto y ni siquiera me dolía mucho. El ruido como de algo que reventaba debía de haber sido el propio bofetón. Shalini tan dulce, sus dedos en mis mejillas y besándome luego otra vez.

Lo siento, pero no puedo verlo, dijo mi madre. No sabéis lo que es eso. Ninguno de vosotros. Yo, que ni siquiera era lesbiana, he tenido que soportar que me lo digan montones de veces, trabajando en la construcción. Y en el escenario me llamaban comechochos cuando bailaba con otra mujer. A los hombres les encanta pensar en dos tías juntas. Quieren mirar y luego matar. Os odiarán toda la vida.

El mundo ha cambiado un poco, creo yo, dijo mi abuelo. No les pasará nada.

Tú no tienes ni idea. Y no quiero verlo. No pienso permitir eso en mi casa. Shalini se larga ahora mismo. Siento lo de antes, de verdad, pero Shalini se marcha a su casa y no va a venir nunca más, y no quiero que Caitlin la vea en el colegio.

Mi abuelo adelantó el cuerpo, se puso a gatas y finalmente se levantó. Fue hasta la mesa de la cocina y al mirar hacia allí vi a Steve, de pie con los brazos cruzados y tapándose la boca con una mano, como asustado.

Cerillas, dijo mi abuelo, y abrió un cajón. Esto es una caja de cerillas. Encendió una, raspado y fogonazo, se volvió hacia la mesa y cogió el contrato y lo llevó al fregadero y prendió la esquina inferior y lo sostuvo en alto mientras la llama crecía y devoraba el papel. Ahí tienes tu contrato, dijo. Firmado ante notario y quemado. Y mañana la casa no va a estar a tu nombre. Ha dejado de importarme lo que pienses de mí o si me perdonarás algún día. Ahora lo único que me interesa es proteger a Caitlin y a Shalini. Puedes elegir. Si quieres esta casa, si quieres volver a estudiar y dejar tu empleo, permitirás que te lleve mañana a que hables con alguien, un terapeuta. Siento mucho no haberte protegido cuando debí, pero ahora voy a proteger a estas niñas, y Shalini si quiere puede quedarse aquí esta noche y será siempre bienvenida. Y que Caitlin y ella hagan lo que les venga en gana. A mí me parece amor y nada más.

Mi madre parapetada todavía detrás de sus puños. Yo pensé que explotaría, que haría pedazos a mi abuelo por quemar el contrato, pero no se movía.

Creo que tiene razón, Sheri, dijo Steve. Yo también te ayudaré.

La boca de mi madre torcida como si fuera a llorar. Me dio mucha pena, pero sentí también frialdad, algo nuevo y que jamás habría creído posible.

Mi abuelo se le acercó, se puso de rodillas en el suelo y la atrajo hacia sí pasándole un brazo por los hombros. Ella le abrazó también y se quedaron así, meciéndose un poco. Supe que ambos tenían los ojos cerrados y que, por fin, se habían reencontrado. Puede que esto sea lo más cerca del perdón a que se puede llegar. No el borrar de un plumazo el pasado, porque es imposible deshacer nada, sino cierta disponibilidad en el presente, un reconocimiento y un abrazo y un tomárselo con cierta calma.

La piel de Shalini estaba fría y yo tiritaba, de modo que me incorporé, la cabeza me zumbaba, y volvimos las dos a la bañera, nos metimos en el agua y nos sumergimos. Cerré los ojos y me metí hasta el fondo y me quedé allí flotando en el vacío, porque habían pasado demasiadas cosas. Oí el grifo y noté primero agua fría y luego caliente. La temperatura subió y me dejé llevar por el sonido de toda aquella agua, subiendo hasta la superficie y asomando los labios como un carpín dorado para aspirar un poco de aire y volver abajo, a la nada. El tacto de las manos de Shalini en mis piernas, caricia de otro mundo, de la oscuridad, tan suave y tranquilizador. El final de los días horribles, el fin del miedo constante, y eso lo supe mientras estaba pasando. Pero también el fin del amor por mi madre tal como había sido hasta entonces, sencillo y absoluto. Los límites de mi propia capacidad de perdón.

Permanecí sumergida todo el tiempo que pude, no quería volver al aire ni a las palabras, pero el calor me impulsó hacia la superficie y enseguida hacia los labios de Shalini, y aquel fue el amor más perfecto que yo haya conocido jamás. Nadie lo creerá porque éramos demasiado pequeñas, pero estábamos las dos íntegramente allí, no parcialmente desaparecidas como les ocurre a los adultos. Yo tenía a Shalini entera. Sin reservas.

Y ella estaba muy por encima de mí, tanto en clase social como en familia, en inteligencia y sofisticación y conocimientos y belleza, y sin embargo no tuvimos en cuenta esas cosas, y yo no sentí que no estuviera a la altura, como le habría pasado a un adulto en esas circunstancias, ni siquiera después de la vergüenza de un día como aquel. Y por eso tampoco hubo reservas por mi parte. Y además contábamos por primera vez con plena autorización. Los del otro lado de la puerta sabían lo que estábamos haciendo, y no pasaba nada.

La casa estaba en silencio cuando salimos del cuarto de baño. Solo había una luz encendida, la que colgaba sobre la mesa de la cocina, todo lo demás a oscuras. Nos habían dejado tres pizzas, o lo poco que quedaba de ellas, y Shalini y yo nos sentamos envueltas en las toallas, el aire en la cocina frío pero nuestros cuerpos todavía calientes después del baño. Mi familia escondida, nada de cenar juntos, demasiado contacto. El árbol de Navidad en el suelo junto a una pared. Estábamos muertas de hambre y no dejamos ni un bocado.

La colcha fría al principio, cuando nos metimos debajo, y tuvimos que abrazarnos para entrar en calor. Mi habitación convertida en nuestra habitación. Por primera vez nos dejaron dormir juntas sin pasar vergüenza. A veces los peores momentos pueden derivar en los mejores.

Aquella noche fue perfecta y el principio. Shalini dormida encima de mí, el calor y el peso de ella, el abanico de sus cabellos proporcionando una cueva para mi cara, el subir y bajar de su respiración y pequeñas sacudidas suyas mientras dormía. Shalini se abandonó al sueño, y yo quedé por fin pegada al suelo marino, tal como siempre había deseado, a miles de metros de profundidad y planeando las dos sobre grandes alas.

A la mañana siguiente, mi madre incómoda y cohibida, lo cual era una novedad, algo que iba a durar años y no acabaría del todo, su pérdida de confianza mientras intentaba hacer las paces con su cólera. La cólera era lo que le había dado una razón de ser durante mucho tiempo.

Pero nos puso unos tazones para los cereales, trajo cucharas y leche y lo intentó ya aquella misma mañana, aunque no fue capaz de mirarnos a la cara y nosotras de todos modos no lo hubiéramos deseado. Sin peinar, los cabellos en la cara, ella ocultándose detrás.

No sé por qué no pude perdonarla inmediatamente del todo. O incluso después, cuando me enteré de que nadie supo de la muerte de su madre durante dos años. Ella completamente sola en esa época. Pero algo en mí se había endurecido, una reacción animal e instantánea al ver su gesto de repugnancia, la forma en que mi madre me miró al descubrir quién era yo realmente, y también la reacción a que me hubiera pegado. Un cambio, en aquellos momentos, como un interruptor que se apagó para siempre, el fin de la confianza o de la seguridad o del amor. ¿Cómo encuentra uno otra vez ese interruptor?

Admiro, pues, que fuera capaz de amar a su padre, porque creo que eso es lo que pasó. Vivieron juntos en la casa incluso después de que yo me marchara a la universidad. Vivieron en paz, y Steve se quedó también, los tres compartiendo techo, y cuando mi abuelo murió, fue alguien amado y perdonado. Eso se lo agradezco también a mi madre y confío en poder ofrecerle lo mismo llegado el momento.

Aquel día él nos acompañó al colegio, y se había convertido en algo parecido a un padre.

No te preocupes, tu madre saldrá adelante, recuerdo que dijo.

Ahora veo que mi abuelo había aprendido a no huir, e incluso estaba descubriendo que era más fuerte de lo que él pensaba.

Hoy os llevaré a las dos al acuario, dijo. Llamaré a tu madre, Shalini, para avisarla.

Gracias, señor Thompson, dijo ella, y me apretó la mano.

Verás qué peces más extraños, dije.

En esos tanques está el mundo entero, dijo mi abuelo. Todo lo que hay.

No estábamos yendo por East Marginal Way sino por calles residenciales, a marcha lenta. Y mucho más tarde que de costumbre, apenas unos minutos antes de que empezaran las clases, el cielo de un gris blanquecino ya, no iba a clarear más.

Todos los coches a la puerta del colegio. Era la primera vez que yo no entraba sola y quedaba media semana para las vacaciones. El señor Gustafson había arrojado la toalla. El aula era un caos. Mientras él ojeaba su libro de automóviles clásicos, encorvado sobre su mesa y tocado con un gorro de Papá Noel, la lengua asomando apenas de la boca, el dragón del Año Nuevo chino serpenteaba entre las sillas y los pupitres, tirando del trineo. Shalini y yo hacíamos trotar a nuestro reno detrás, con los demás, y por los aires pasaban tiras y pelotas de papel y otras cosas que los chicos lanzaban, globos y pegamento. Yo iba saltando mientras hacíamos trotar a Lakshmi Rudolph y Shalini se reía y me entraron ganas de besarla y lo intenté, pero ella me esquivó.

Con gente mirando no, gritó, sin dejar de sonreír.

¿Qué habría pasado si de todas formas la hubiera besado allí mismo y hubiera seguido haciéndolo cada día sin parar hasta que a todo el mundo, incluida su familia, le pareciera normal? Pero no es posible volver atrás, y no me arrepiento de nada de lo que hice con Shalini. Arrepentirse no tiene sentido.

Cuando mi abuelo vino a buscarnos al terminar las clases, llevábamos la cara pintarrajeada y teníamos pegamento en la ropa y el pelo alborotado y estábamos coloradas y exhaustas.

Caramba, dijo mi abuelo. Esto tiene poco que ver con el colegio que yo recuerdo.

En la India es diferente, dijo Shalini.

El señor Gustafson es un mal profesor, dije yo.

Hay más de uno, dijo mi abuelo. Pero no dejéis que eso os afecte. Procurad sacar buenas notas para poder ir luego a la universidad.

Yo quería preguntarle si habían encontrado ya a alguien que pudiera ayudar a mi madre, pero me dio apuro. Tenía la mejilla amoratada y me dolía, pero lo había disimulado con la pintura, y de hecho tenía pensado llevar la cara pintada los dos días siguientes hasta las vacaciones. Me daba miedo que lo viera Evelyn y viniese a destruirlo todo justo cuando las cosas empezaban a ir bien.

Cubrimos en coche el trayecto que yo siempre hacía a pie, rumbo a la marea oscura del sonido, y llegamos en un momento.

Al entrar, yo iba de la mano con Shalini.

Tienes que ver los espléndidos mandarines, le dije. Se parecen a los pañuelos de tu madre.

Mi abuelo compró entradas para él y para Shalini y luego fuimos corriendo a los primeros acuarios de agua salada, donde vivían los peces más comunes, esos que uno ve en la consulta del dentista. Corales y anémonas y peces que parecían hechos de seda.

Parecen ranas colibrí, dijo Shalini.

Aquí todo parece otra cosa, dijo mi abuelo. A mí, en cambio, me recuerdan a ladrones enmascarados.

Son una monada, dijo Shalini.

Siempre tienen ese mismo dibujo en el lomo, dije yo. Puede ser un fondo turquesa con garabatos naranjas o un fondo naranja con garabatos azules, pero los garabatos son siempre iguales.

Mi abuelo se había puesto a mirar los otros mandarines, la cara casi pegada al cristal.

Tienes razón, dijo. Es casi el mismo dibujo. Parece que no, pero todos tienen dos círculos en el lomo, uno delante y otro más grande hacia la cola. Son un poquito diferentes, pero siguiendo una especie de pauta. Como si cada uno de nosotros pudiera tener una. Como si en alguna parte hubiera un modelo para mi vida y me dieran a elegir entre algunas variantes, pero sin alejarme del dibujo básico.

Recuerdo que dijo eso, porque lo he pensado muchas veces desde aquel día, esa idea de que no nos alejamos mucho, que lo que se nos antoja un hallazgo no es más que la revelación de algo que estaba ya ahí solo que escondido, a la espera. Lo recuerdo porque pienso que podría ser un camino hacia el perdón, el comprender que por más violenta y más aterradora que fuera mi madre, no era algo fortuito sino ineludible al menos en parte, que quien era ella se había puesto en marcha tiempo atrás y que tuvo que sufrir a esa persona tanto como yo. Y que el momento en que me miró como si yo fuera un monstruo fue algo que ella era incapaz de ocultar, porque estaba totalmente abrumada. Cuando rememoro todo lo que sucedió aquel día, intento recordar que mi madre estaba en un punto límite, intento recordar cuando mi abuelo no había aparecido todavía, antes de que ella se viera sometida a tanta presión, cuando llegábamos a casa y se derrumbaba en su cama y dejaba que me tirara encima de ella, y yo me agarraba como un pejesapo, manos y pies remetidos bajo su cuerpo, aquella montaña mullida y fuerte, y tenía la sensación de que el mundo éramos ella y yo y nada más.